# 甘味女子は異世界でほっこり暮らしたい

黒辺あゆみ

Ayumi Kurobe



RB

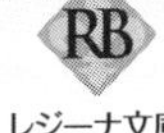

レジーナ文庫

登場人物紹介
ケネス
小梅が作るだんごの味にほれ込み、
居候することになった男性。
普段はあまり感情を出さないが、
美味しいものの話になると
饒舌になる。
稲盛小梅
実家のだんご屋「なごみ軒」と
共に異世界へトリップして
しまった女子高生。
寂しがりやだが
前向きな性格をしており、
異世界でも元気に
店を切り盛りしている。

ゲッテンズ
洋菓子店の店主。
ある悩みを抱え、
「なごみ軒」へ訪れた。
デニス
領主の息子。
父親の権力を使って
「なごみ軒」を乗っ取ろうとする。
エイベル
ケネスの兄。
少々突飛な行動をとるが、
頼りになる男性。
縞盛セルマ
小梅の祖母。
女手一つで小梅を
育ててくれた。

# 目次

# 甘味女子は異世界でほっこり暮らしたい

# 第一章　いつの間にか移転しました

稲盛小梅は現在十八歳、もうじき高校を卒業して社会人となる乙女である。

卒業間際のこの時期、すでに授業は終わっており、友人とは登校日に顔を合わせる程度だ。そのため、今日は仲の良い者で集まってお別れ会をすることになっている。

そろそろ家を出る時間が迫っているのだが、小梅はまだ準備が終わっていなかった。

「おばーちゃん、私のバッグ知らない⁉」

「なぁに小梅ったら、まだ準備できていないの？」

バタバタと居間を覗く小梅に、テレビを見ていた祖母が呆れた顔をする。

「バッグなら、自分でそこに放っておいたでしょうに」

「あぁー、あった！　良かったぁ」

祖母が指し示した先に、探していたバッグが置いてある。財布が入れっぱなしだったので、これが見つからないと出かけられなかったのだ。

「小梅は本当におっちょこちょいねぇ。いつになったら落ち着くのかしら」

困ったようにため息をつく祖母に、小梅は「いーっ！」と歯を剥き出しにする。

「私だって、もうすぐ大人の女になるんですぅ～！」

「大人の女っていうのは、ある日突然なれるものではないのよ」

小梅の負け惜しみに、祖母が正論で返す。

大人の女を夢見る小梅は、百五十センチ未満という低身長に童顔である。肩まである黒髪をおさげにしていることも相まって、中学生に思われがちだが、正真正銘十八歳だ。

そんな小梅の家族は祖母だけ。両親は幼い頃に交通事故に巻き込まれて死亡し、祖父もそれと同時期に病気で亡くなった。小梅に残されたのは、たった一人の家族である祖母と、祖母が営むだんご屋の「なごみ軒」だ。最近では老舗の和スイーツ屋として地元紙に紹介されることもある。

「なごみ軒」は祖母が祖父と一緒にはじめた思い出の店で、小梅にとっても大事な場所である。高校を卒業したら、小梅も一緒に店を切り盛りするのだと決めていた。

だから、高校は調理科のある学校を選んだし、飲食店経営に必要な資格も調べている。

小梅は早く一人前になって、祖母に楽をさせてあげたいと思っていた。

しかしそんな思いも空しく、未だに落ち着きがない小梅である。

出がけにバタバタしている様子を見て、祖母が声をかける。

「ほら、バスの時間は大丈夫なの？」

「あ、マズイ！　行ってきまーす！」

「楽しんでいらっしゃい」

慌ただしく家を出た小梅を、祖母が微笑んで見送る。

小梅は店舗兼住宅のだんご屋「なごみ軒」の裏口から飛び出し、バス停に向かって道を急いで駆け下りた。

――ヤバい、乗り遅れる！

必死で足を動かし、なんとか無事にバスに乗る。こうして待ち合わせに間に合った小梅は、友人たちとの語らいを楽しんだ。卒業するのは寂しいが、これから祖母と一緒に働く明るい未来に思いを馳せる。

しかし運命の歯車は、一本の電話によって違う方向に動き出す。

「……え、いま、なんて？」

それは祖母が交通事故に遭って、病院へ搬送されたという知らせだった。

――おばーちゃん！

小梅の脳裏に、笑顔で送り出してくれた祖母が蘇る。

事故に遭ったといっても、案外軽い打撲程度かもしれない。自分にそう言い聞かせながら、真っ青な顔で病院へ駆けつける。

そんな小梅を迎えたのは、すでに帰らぬ人となった祖母の姿だった。

「おばーちゃん、これから一緒にお店をやろうと思っていたのに」

慌ただしく通夜と葬式を終え、小梅は日が暮れた頃に家に戻ってきた。今は、仏壇の前で泣きながら祖母の遺影に語りかけている。

祖母は足腰もしゃんとしていて、老いなんて感じさせないパワフルな人だった。

それなのに買い物帰り、居眠り運転をして歩道に突っ込んできたトラックから、子供を庇って犠牲になったのだ。

卒業式を数日後に控え、「さあこれからだ！」という時に、祖母が両親と同じく交通事故で亡くなるなんて、考えてもいなかった。

「おばーちゃん、おばーちゃん！」

通夜や葬式では、色々とすることがあって泣くどころではなかった。

けれど改めて一人になった今、祖母がいない事実が嫌でも小梅の心に迫る。

小梅は遺影を胸に抱き、いつも祖母が身に着けていたペンダントを手にする。

それは深い緑色の石の中に星の輝きのような光がある、不思議なペンダントだ。

『おばーちゃん、これ綺麗な石だね』

子供の頃、小梅が聞くと祖母は意味ありげな笑みを浮かべてこう言った。

『これはね、神様にもらったのよ。いつか小梅に譲るから、その時は大事にしてね』

祖母なりのお茶目だったのだろうが、幼い小梅は『神様にもらった』という言葉にときめいたものだ。

結局なんの宝石かはわからず仕舞いだったが、小梅は他にこんなものを見たことがない。

なんにせよ、これは大事な祖母の形見だ。

「おばーちゃん、今日は一緒に寝てくれる？」

自分の部屋に戻る気になれない小梅は、鼻をグスグスといわせながら遺影に語りかけ、仏壇の前に布団を敷く。そして枕元に遺影とペンダントを置くと、コロンと横になる。

それからしばらく寝付けなかった小梅だが、外で降り出した雨の音を聞いているうちに、いつの間にか寝入っていた。

『寂しがり屋の小梅に、新しい人生が訪れますように』

祖母のそんな声が聞こえた気がした。

そしてその日の深夜、「なごみ軒」のあたりが明るく光ったのを、近所の住人が目撃したという。

チュンチュンという小鳥の爽やかな鳴き声に、小梅は目を覚ます。

――顔が痛い……

起きて一番に思ったのはこれだ。きっと泣きすぎて、顔が酷いことになっているだろう。モソモソと布団から這い出て、顔を洗いに洗面所に行く。

「やっぱり、こうなるよね」

鏡に映っている顔は目元が腫れて真っ赤になっているし、全体的にむくんでいる。

春先のまだ冷たい水は顔を冷やすのにちょうどいい。

――人生で一番泣いたかも。

両親や祖父が亡くなった時、小梅は幼すぎて死というものが理解できなかった。だから祖母の死はある意味、小梅が初めて直面した身内の死なのだ。

昨日までは悔しさと悲しさで頭がぐちゃぐちゃだったが、沢山流した涙と共に、気持ちがほんの少しだけ整理できた気がする。

祖母が亡くなったのは悲しいし寂しいけれど、小梅はこれから一人で生きていかねばならないのだ。

「泣いてばかりじゃダメだよね」

きっと夜になればまた寂しくて泣いてしまうだろうが、昼間くらいはちゃんと今まで通りの生活をしよう。

それに大泣きしたからか、お腹がすごく減っている。

『どんな時だって、お腹が減るなら案外平気なもんよ』

そんな祖母の声が聞こえる気がする。嫌なことがあって落ち込んでいても、食欲があるなら大丈夫だと、いつも励まされたものだ。

――とりあえず、朝ごはんを食べよう。

小梅は寝間着のまま台所へ行き、冷蔵庫を漁る。祖母が朝はパン派の人だったので、食パンのストックがあった。それと卵とハムもあるからハムエッグにでもしよう。

手早くハムエッグを作りながら、食パンをトーストする。電気ケトルで沸かしたお湯でインスタントスープを作れば、立派な朝食の出来上がりだ。

ダイニングテーブルの席に着こうとしたところで思い立ち、仏間から祖母の遺影を持ってきて正面の席に立てかけた。いつも二人で食卓を囲んでいたので、やはり一人は寂しいのだ。

「おばーちゃん、頂きます」

遺影に話しかけた後、小梅はハムエッグをトーストの上にのせて食べた。少しだけ涙の味がするのは、しばらく続くだろうなと思いながら。

一人きりの味気ない朝食を終えれば、やることはそれなりにある。

——裏の畑を見に行かなきゃね。

畑ではだんごを作るための米やもち米を作っていた。それらの植え付けはこれからなので水田は空いているが、隅の方で自分たちが食べる野菜も作っている。

野菜の世話をしたり、田植えに向けて水田を整えたり、苗を育てたりする作業が待っているのだが、祖母が事故に遭ってからの数日間、ろくな世話をしていない。

暑い季節ではないし、昨夜雨が降ったからいいようなものの、せっかく育てた野菜が枯れていたら嫌だ。

小梅は、祖母のペンダントを首から下げる。祖母が見守ってくれている気持ちになったところで、農作業の格好になって家の裏口から畑に出た。

家は小高い丘の中腹に建っており、畑からは麓の商店街が見えるはずなのだが……

何故か小梅の視界に商店街はなく、代わりに広大な森が広がっている。

「……は？」

思わず、小梅の口から間抜けな声が漏れた。

昨日まであったはずの街並みは、一体どこへ行ったのか。まさか一夜にして全て解体されたわけではあるまいに。それに、こんな森だって昨日まではなかった。

——表の方はどうなってる!?

慌てて店舗の入り口に回ると、そこは道路に面しているはずなのに、野原が広がっていた。この店以外、見事になにもない。

「ここ、どこよ……?」

小梅は呆然とするしかなかった。

電線も、アスファルトも、車も走っていない。自然の中にポツンと「なごみ軒」が建っているだけだ。

いや、よく見れば森の中に遺跡のような建物の残骸があるし、目を凝らせば遠くの方に街っぽいものが見える。だが、どちらも見覚えのないものだった。

そもそも、店はいつからここにあったのか。小梅は起きてからずっと、窓の外なんて確認しなかったが、まさか起きた時はすでにこの状態だったのか。

「でも、電線とかないわりに、家電は動いたよね」

そう、トースターや電気ケトルはちゃんと使えたし、ハムエッグを焼く時にはガスだってついた。水は丘の上にある湧き水から引いているから別としても、電気やガスはどこから来ているのか。

色々なことが謎だらけで、小梅は途方に暮れる。

「……とりあえず、畑仕事しようかな」

一先ず、現実逃避のために畑いじりをはじめる。

しかし、しばらくしてこのままではいけないと思い直し、丘を下りてみることにした。

――でも、なんにもないなぁ。

やはり近くには森、遠くには街っぽい景色が見えるだけで、近所に民家らしきものは見当たらない。

森の方から続いている道があるが、それはアスファルトや石畳などの整えられたものではなく、人が通って踏み固められ、自然とできたもののようだ。

標識の類はなにもなく、どこへ続くのかわからないので、この道を進んでみるには勇気がいる。

「今日はここまでにしておこう」

結局、道の存在だけを確認して、家へと戻った。

それから外に出るのがなんとなく怖くなって、家の中を掃除して回った。通夜だ葬式だと慌ただしくて、掃除どころではなかった家の中が綺麗になった。

掃除の後はパンとコーヒーで昼食を済ませ、午後は居間で寝転んでテレビでも見ようかと考える。だが、どのチャンネルも映らない。

――電波が届かない場所なの？

仕方ないので、小梅は録画した番組を見て過ごす。

こうして、どこだかわからない土地に放り出されてから、早くも日が暮れようとしていた。

小梅は朝と昼の食事を適当に済ませてしまったので、夕食はちゃんとご飯を炊いておかずも作ることにする。

メニューは、祖母が好きだったカブのそぼろあんかけだ。

小梅は先程畑で収穫した小カブを綺麗に洗うと、葉と根元の汚れた部分を切り落とし、適当な大きさに切り分けた。続いて鶏ひき肉と酒を入れた鍋を火にかけてそぼろにし、そこに適量の水とカブを入れる。煮立ったらアクを取って調味料で味を調え、柔らかくなるまで煮た。最後に刻んだカブの葉を加えて軽く火を通し、水溶き片栗粉でとろみをつければ完成だ。

そぼろあんの優しい香りが食欲をそそる。

――うん、うまくできたけど、作りすぎちゃった。

つい今まで通り二人分の分量で作ってしまった夕食に、小梅は苦笑する。けれど明日の朝の分だと思えば問題ない。

カブを煮込んでいる間に味噌汁も作ったし、後は冷凍保存してあった魚をグリルで焼いて大根おろしを添えれば夕食の出来上がりである。

食卓に料理を並べ、向かいの席に置いた祖母の遺影（いえい）に手を合わせる。

「頂きます」

小梅ははじめにカブのそぼろあんかけに箸をつける。

このホロホロと崩れるように柔らかいカブの食感が、祖母は好きだった。それに小梅が作る料理なら、たとえ失敗しても『美味（おい）しい』と言って食べてくれていた。

思い出の料理を口にして、小梅の目元がウルウルしてくる。

「おばーちゃん、わけわかんないことになっちゃったよ……」

小梅は食事をしながら、祖母の遺影（いえい）に困ったように語りかける。

自分は一体どこにいるのか、何故こんなことになったのか。わからないことばかりだ。

一方で電気もガスも使えるし、水も出る。食料がもつか心配ではあるが、当面は畑の野菜でなんとかなるだろう。

一先ずは生きていけそうなことは確かだった。

――難しいことは明日にしよう。

結局、小梅は問題を先送りすることにしたのだった。

こうして夕食を終えて風呂も済ませ、仏壇の前に布団を敷いて寝ようとしていた時のこと。

ドンドンドン！

店舗部分の方から、雨戸を叩く音がする。

「え、なに？」

布団に寝転がっていた小梅は驚いて飛び起き、店舗部分に向かった。

近辺に家などないのに、一体誰が雨戸を叩いているのか。もしくは森が近くにあるので、野生動物の可能性もある。

どちらにせよ、思いもよらない事態に小梅は恐る恐る店舗の方を覗く。

ドンドンドン！

まだ雨戸を叩く音は続いている。

もし叩いているのが人だったら、ここがどこなのかなど話を聞けるかもしれないが、その人が悪人ではないとは言い切れない。

怖気（おじけ）づいた小梅は、雨戸を開けないまま立ち尽くしてしまう。

——そうだ、裏口からちょっと様子を見よう。

怖そうな人だったり動物だった場合、速攻家の中に戻ればいいのだ。

そう決めた小梅はパジャマの上に上着を羽織（はお）り、畑に面した裏口から外に出る。

街灯がないため、周囲を照らすのは月と星の明かりのみ。そんな暗闇の中、小梅は恐る恐る店の玄関に回り込み、そうっと覗く。

すると、店の入り口前に人影が見えた。

ドンドンドン！

「夜分に申し訳ない、誰かいないか？」

雨戸を叩きながら発する声は、若い男のものだ。暗がりでも、小梅よりも頭一つ分以上背が高いのがわかる。

「傷を癒（いや）すため、休ませてもらいたいのだ。厩（うまや）の隅でいいから、お願いできないだろうか？」

暗いのでわからないが、酷い怪我でもしているのだろうか。

このあたりに他の建物がないのは、昼間に確認している。つまり、休める場所はここ以外にない。

怪我の身で野宿というのも可哀想な気がする。けれども、あの男が悪人ではないという保証がどこにあるのか。

——おばーちゃん、どうしよう⁉

小梅が助けに行くことも、家の中に戻ることもできずにオロオロしていると、突然胸元が眩く光った。

「なに⁉」

いきなりのことに驚きながらパジャマの胸元を覗き込むと、祖母の形見のペンダントが光っていた。

「これ、なんでこんなに光っているの？」

引っ張り出したペンダントは、夜の暗闇の中で幻想的な光を放つ。

「すまない、そこの娘」

「……あ」

ペンダントの光に気をとられていた小梅は、そう声をかけられるまで男の存在を忘れていた。

「失礼だが、この家の住人だろうか？」

店の入り口前から、男が真っ直ぐに小梅を見る。

「夜分に訪れて申し訳ない。俺はケネス・シャノンという」

「あ、どうも、稲盛小梅です」

名乗ってきた男――ケネスにつられて小梅も自己紹介してしまう。

「実は森で素早い魔獣に襲われ傷を負い、辛うじてここまで逃げてきたのだ」

そう語るケネスは脇腹を押さえているので、そこを怪我しているようだ。

熊や猪に襲われて怪我をしたというニュースを思い出し、そういうことだろうと小梅は考える。

――けど、マジュウってなんだろう？　猛獣の類似語にそんな単語があったかな？

小梅が疑問に感じている間にも、ケネスは淡々と言葉を続ける。

「まさかここに家が建っているとは知らなかった。軒先でいい、一晩泊めてもらえないだろうかと、家主に尋ねてほしいのだが」

「家主っていうか……」

祖母が亡くなり、現在家には小梅一人だ。しかし、そんな情報を誰とも知れない男に与えていいものか。若い女が一人だとわかれば、態度を急変させるかもしれない。

その一方で、ここで小梅が「ダメです」と言ったら、ケネスは素直に去るのだろうと思った。本当に押し入るつもりなら、小梅が一人で出てきた時点でそうすることができたはずなのだから。

──おばーちゃん、どうすればいいの⁉

しばらくグルグルと考える小梅を、ケネスは静かに待っている。

相手を信用してもいいような、でも怖いような気持ちでいた小梅は、ふと思いつく。

──家に上げるんじゃなく、店の畳の上を提供するのはどうかな？

「なごみ軒」の店内にはイートインスペースとして、小上がりの座敷がある。あそこで寝てもらって、店と自宅部分との境のドアには鍵をかければいい。

小梅は解決策を思いつき、気持ちが軽くなった。

「あの、ちょっと待っててくださいね」

裏口から家に戻って鍵をかけた後、店舗部分に行って明かりをつけ、入り口と雨戸を開ける。

「じゃあ、どうぞ」

小梅が招き入れようとすると、ケネスは後ろを振り向いた。

「あと、馬をどこに繋げばいいだろうか？」

「え、馬？　車じゃなくて？」

どういうことかと外に出て見れば、店の横に栗毛の馬がいた。馬を生で見るのは初めてだ。

「馬車をひくような優雅な旅はしていないからな、アイツだけだ」

小梅の言葉をどう捉えたのか、ケネスがそう返す。

——馬車って？

観光地を馬車が走る映像はテレビで見たことがあるものの、相手の口調からするとそういった意味ではない気がする。

小梅の頭の中は疑問符だらけだが、とりあえず馬は駐車スペースに入れてもらうことにした。

その後ようやくケネスを店の中に招き入れると、その容姿がはっきりと見て取れるようになった。

金の短めの癖毛に緑の目で、整った容姿といえる。身体をすっぽりと覆うマントのようなものを着ており、はた目には実に怪しい。

「他のご家族は？」

「……えっと、その」

シンとした屋内を見回すケネスに、小梅は言葉を詰まらせた。やはり、小梅一人しかいないことは知られない方がいい。

しかし、ケネスはそんな小梅の態度から察したようだ。

「そうか、一人だから警戒していたのだな。娘の一人暮らしに押し入るみたいな真似をしてすまない」

ケネスは深々と頭を下げるものの、表情はあまり変わらない。初対面のせいかちょっと取っ付き難い印象があった。

——西洋人っぽい顔立ちだけど、アメリカとかヨーロッパの人かな。

それにしては日本語がうまい。ということは、ケネスは日本滞在歴が長い外国人で、やはりここは日本なのではないか、という考えが小梅の脳裏を掠めた。

しかし、その考えはすぐに打ち消される。

ドサッ。

ケネスが腰のベルトを外し、細長い棒状のものを床に落としたのだ。棒の大部分が革のケースに収められているが、小梅はなんとなくそれの正体に察しがついてしまう。

——これってもしかして、剣じゃない？

高校の学園祭で、どこかの部活動がファンタジーゲームのコスプレ喫茶をしていたのだが、その時の小道具と似ている気がする。

日本でそのようなものを日常的に持っている人がいるのだろうか。しかもケネスが落としたものは使い込まれたような跡があり、偽物（にせもの）には見えない。

――ここって、本当に日本なの？　なんか、物語の世界に迷い込んだような気分なんだけど……

衝撃に固まっている小梅を余所（よそ）に、ケネスは着ている服をさっさと脱ぎ、脇腹の傷の具合を確かめはじめる。

「……っ！」

動物の爪かなにかで抉（えぐ）られたような傷跡に、小梅は息を呑む。

ケネスは淡々と話すし、痛がるそぶりを全く見せなかったので、もっと軽傷なのかと思っていた。

「きゅ、救急車！　ってどこから来るのよ。とりあえず救急箱、持ってきます！」

小梅は慌てて自宅から救急箱とタオル数枚、そして洗面器を持ってくると、傷口を洗うために洗面器に水を張った。

しかし、これまで直面したことのない大怪我を前に動けなくなってしまう。

「あの、えっと……」

「それを貸してくれ」

うろたえる小梅を尻目に、怪我した本人なのに落ち着いた様子のケネスが、道具を受け取った。そしてタオルを洗面器の水につけ、緩く絞って傷口を洗う。

「……っ⁉」

すると、なにかに驚いた顔をした。

――え、なに？　傷に沁みたの？

その反応を見てさらに戸惑う小梅に、ケネスが視線をやる。

「この水は、どこの水だ？」

「え、そこの蛇口の水ですけど……？」

なんの確認をされているのかわからないが、小梅はトイレの前にある洗面台の蛇口を指す。

「……そうか」

ケネスはそれ以上は追及せず、消毒液を塗り、ガーゼを当ててテープで留めた。

傷が隠れたことで、小梅の気持ちも落ち着く。そしてふとケネスが着ていたシャツに目をやると、傷の箇所が大きく破れて無残な姿になっていることに気付く。

「あの、着替えとかありますか？」

長い間女二人暮らしだったので、この家には大柄な男に貸せそうな服がない。けれどあんな風になった服をもう一度着るのは嫌だろうし、かといって裸では寒いだろう。

「着替えは持っているので、問題ない」

ケネスはそう言って持っていた荷物からシャツを取り出す。けれど彼は傷口を洗っただけで、身体を拭いたりはしていない。

「あの蛇口の水、身体を拭くのにも使ってください」

春先のこの季節に水では冷たいかと思ったが、さすがに厨房のガスを使わせることも、家の風呂に入ってもらうこともできないので、水で我慢してもらう。

「それと、寝るのはここでお願いします。布団を持ってきますか？」

「なにからなにまで痛み入る。布団は毛布を一枚貸してもらえれば十分だ」

座敷の座布団とテーブルを隅に避ける小梅に、ケネスが頭を下げた。

毛布を渡した小梅は、「おやすみなさい」と挨拶をしてから、店舗と自宅の境に鍵をかける。仏間に戻って布団に寝転がるが、睡魔は訪れそうにない。

昼間に見て見ぬふりをした事実が、夜になって小梅を襲う。

――ここってやっぱり、日本じゃないよね。

それどころか、現代の地球なのかも怪しい。タイムトリップや異世界トリップをする物語を読んだことがあるが、状況がそれに似ていないだろうか。

「まさか、まさかだよね？　おばーちゃん」

小梅は祖母の遺影に問いかけた。

結局、小梅はよく眠れないまま朝を迎える。まだ夜明け間もない早朝だが、二度寝する気にはなれなかった。

パジャマから着替えた小梅は、昨日炊いたご飯で作ったおにぎりを焼きおにぎりにして、これまた昨日の味噌汁とおかずの残りで朝食を用意する。

「おばーちゃん、私頑張るからね」

箸を取り、向かいの席に立てかけた祖母の遺影に語りかけた。

小梅は祖母を亡くした悲しさが、昨日のことで少し和らいでいることに気が付く。いきなりどこか知らない場所に家ごと放り出され、得体の知れない男に助けを求められ、悲しむどころではなくなっていたのだ。

それに、悲しむのはいつだってできる。今はどうやって生きていくのかが大きな問題だった。

日本に戻れるのかはわからないが、このまま野垂れ死にするのは嫌だ。

決意も新たに朝食を食べ終え、畑に水をやりに行く。

とはいえ、昨日手入れをしたばかりなので、あまりすることがない。家の中に入っても、掃除もやったばかりなので、こちらも簡単に終了する。

というわけで、小梅は早々に暇になってしまった。

「お店、開けようかな……」

そもそも高校での三年間は、「なごみ軒」で働くために学んできたのだ。暇なんていってごろごろしているより、店を営業するのが本来あるべき姿ではなかろうか。

「うん、お店を開けよう」

そうとなれば、だんごを作らねばならない。

店で使用するだんご粉は仕入れたばかりだったので、十分にストックがある。

「なごみ軒」では米から作る上新粉と、もち米から作る白玉粉をブレンドしただんご粉を使っている。

祖父が生きていた頃は裏の畑で育てた米ともち米で作っていたが、祖母一人になってからは近所の製粉所から仕入れていた。

今でも多少は米ともち米を作っているし、倉庫に製粉用の臼があるものの、自家製の粉のみでは大した数を作れない。そのため小梅としては、これまで通り市販のだんご粉を使うつもりだった。

果たしてこのあたりにだんご粉を売っている店があるだろうか？

——ケネスさんに聞けばわかるかな。

そう考えつつ、店の制服である和服を身に纏(まと)った小梅は、店舗部分のドアをそっと開けて中を覗く。

座敷ではケネスがまだ寝ていた。

——あんな怪我をしていたんだもん、疲れているんだよね、きっと。

起きるまで寝かせてあげようと小梅は思い、静かに厨房(ちゅうぼう)へ入る。

「まずはみたらしを作って、他のおだんごは様子を見てからにしようかな。量も様子見だから少な目でいいよね」

今日はみたらしだんごだけで営業することにした小梅は、台の上に材料を並べる。

だんごの作り方は案外簡単で、だんご粉と水を混ぜて捏(こ)ねたものを、小さく丸めて茹(ゆ)でるだけだ。

小梅は大きなボールにだんご粉を入れ、水を少しずつ加えながら、耳たぶくらいの固さになるまでしっかり捏(こ)ねる。次に小さく丸めたものを沸騰(ふっとう)したお湯に入れて茹(ゆ)で、浮き上がってきたら水に取る。水気をふき取って竹串に刺せば、だんごの完成だ。ちなみに串に刺すだんごの数は店によって違うけれど、「なごみ軒」では三つである。

これを延々とやるのだが、小梅はこの作業が結構好きだ。

「こんなもんでしょう」

そうしてだんごを仕込み終えたところで、次はみたらし餡作りだ。

小梅は鍋に醤油とみりん、砂糖、水を合わせて強火で沸騰させ、みりんのアルコール分をしっかりと飛ばす。砂糖が溶けたら水溶き片栗粉でとろみをつけて、冷ますとみたらし餡の出来上がりだ。

準備ができたところで、だんごを焼き機にセットし、じっくりと焼いていく。香ばしい香りがして良い感じに焼き目が付いたらだんごを皿に上げ、みたらし餡をかける。

できたてホヤホヤのみたらしだんごからは、醤油の良い香りが立ち上っていて食欲をそそられた。

――まずは一本、味見っと。

小梅が温かいみたらしだんごを手に取った時。

「うまそうな匂いだな」

店の方から声をかけられた。振り返ると、厨房を覗き込んでいるケネスがいる。

小梅はだんごの仕込みに夢中で、座敷にいる人物のことをすっかり忘れていた。

「おはようございます、ケネスさん」

「おはよう、イナモリコウメ」

ケネスにフルネームで呼ばれ、面食らう。

ひょっとして苗字と名前の切れ目がわからなかったのだろうか。

「稲盛が苗字で、小梅が名前です。具合はどうですか？」

名乗り直した小梅は、ケネスの怪我や身体の調子を尋ねた。

「傷はまだ痛むが、よく眠れたので頭がすっきりしている。こんなに寝たのは久しぶりだ」

本人の言う通り、ケネスの顔色は良いように見える。

ただ昨日もそうだったが、表情が硬く淡々としているため、機嫌が悪いのかと思ってしまう。けれど口調は普通なので、もしやこれが普段通りなのだろうか。

小梅がケネスをまじまじと見つめていると、あちらも感心するような、痛（いた）ましく思うような目線を向けてきた。

「コウメは子供なのに働き者だな」

――……は？　子供？

確かに学生という意味ではまだ子供だ。

しかし同じ年齢でアルバイトをして働いている人は大勢いるし、小梅も卒業と共に正式に「なごみ軒」で働くつもりだった。社会人になるという意味では立派に大人の仲間入りだろう。

「もう十八歳ですから、子供というにはちょっと……」

小梅がそう言って苦笑すると、ケネスは一時停止した。

「十八歳？　十歳ではなく……？」

本気で驚いているらしく、目を見開いている。

小梅は確かに小柄で、未だに中学生に間違われることがある。しかし、さすがに小学生に思われるのは心外だ。

「十八歳ですっ!!」

「……わかった、十八歳だな」

怒気を込めた小梅に、ケネスが静かに頷いた。

「それよりコウメ、ここは食い物屋だったのか。良い匂いがする」

ケネスがクンクンと鼻を鳴らしながら言う。店内にはみたらし餡の香りが漂っているので、食欲を刺激したに違いない。

「今焼けたんです、味見にお一ついかがですか」

「俺には経験のない香りだから興味がある。もらおう」

ケネスが頷いたので、小皿に一つ取り分けてやる。

「どうぞ」

「見た目は串焼きに似ているか」

そう呟きながらだんごを一つ食べたケネスが、衝撃を受けたような顔になった。

「……弾力がありつつ柔らかい……この不思議な食感はなんだ⁉」

そう叫ぶや否やまた一つ口に含み、今度はじっくりと味わって食べる。

「白い物体に絡む透き通るような茶色い液体は、塩辛い味の中に上品な甘さがある。いや、この白い物体自体もほのかに甘い……」

それから最後の一つを口にすると、なにかを悟ったかのような表情になり……

「そうか、これが食の芸術か⁉」

などと歓喜の声を上げ出した。

「……えっとぉ」

小梅はだんご一本にこれほど饒舌(じょうぜつ)になる人を初めて見た。というより、小梅はなんとなくケネスにサイボーグ的な印象を抱いていたので、感情的にもなれるのかと新発見した気分である。

「もう一本、食べます？」

「ぜひ、頂こう！」

小梅の問いかけにケネスが即答した。

けれどだんごが朝食代わりというのもあんまりだろうと、小梅はおにぎりと味噌汁の残りも用意する。

すると、ケネスは訝しそうな表情を見せた。

「見たことのない食事だな」

「このおにぎりは、白いおだんごと原材料は同じですよ」

「ほう⁉」

そう説明したとたん、ケネスは俄然興味深そうにおにぎりを観察し出す。

――いや、観察してないで食べなって。

内心でツッコミを入れていた小梅は、ふと気付く。

――そういえば、こんな風に人とお喋りしたのは久しぶりだ。

祖母の通夜や葬式では近所の人が気を遣って話しかけてくれた。けれど、祖母との思い出話ばかりで、悲しみにくれていた小梅には逆に辛かった。

なので、実に数日ぶりの普通の会話である。

そんな些細なことが嬉しくて、小梅はここがどこなのかを聞こうと思っていたことを、またしても忘れてしまっていた。

ケネスのだんご騒動の後、商品のだんごも用意できたので、小梅は店内を掃除してから雨戸を開ける。

入り口側は全面ガラス張りになっているのだが、数日拭いていないので汚れていた。ガラスを磨いて開店中の印である暖簾（のれん）を入り口にかければ、準備完了だ。

その様子をケネスが不思議そうに眺めている。

「どうかしましたか？」

「珍しい看板だな」

小梅の問いかけに、ケネスは暖簾（のれん）を指さしながらそう言った。

日本ならば当たり前に見かけるものだが、見たことがないらしい。

「これは暖簾（のれん）といって、日よけも兼ねているんですよ。見たことありませんか？」

「ああ、初めて見たな。これに描いてある絵は意味があるのか？」

茶色地に「なごみ軒」と染め抜かれている文字を、絵だと思ったようだ。

「これは店の名前ですけど……読めませんか？」

――え？　でもケネスさんは日本語を話しているよね？

日本語を話せるのに、日本の文字を見たことがないなんてあるだろうか。

その時、小梅はここが日本でも地球でもない可能性を思い出した。

「あの、ちょっと聞きたいんですが……。ここは一体どこですか？」

ずっと気になっていたことを、小梅はようやく聞けた。

「……逆に聞くが、コウメはどこだと思う？」

質問を質問で返され、小梅は目を瞬かせながら答える。

「わかりません……。私がずっと暮らしていたのは、日本の田舎街にある丘の中腹でした。少なくとも一昨日までは、そこにこの店があったんです。けど昨日の朝、畑を見ようと外に出たらここにいて……」

言いながら、だんだんと小梅は俯く。話している自分でも、支離滅裂な話だと思う。

そんな小梅をケネスは店の中に促し、座敷へ上がる。

さらに店の隅に置いていた自分の荷物から、なにかを取り出して戻ってきた。

「これが、今ある中で最も正確な地図だ」

そう言ってテーブルに地図を広げてくれたが、そこには小梅が見たことのない形の陸地が描かれていた。

「今いるのはここ、レイランド国のガスコイン領だ」

ケネスが指さす場所に書かれている地名らしき文字も、やはり見たことのないものだった。

——でも、なんて書いてあるのかなんとなくわかる……

目にした文字の意味が、脳裏にパッと浮かぶのだ。これは一体どういうことか。

それに文字が違うということは、ケネスが話しているのは日本語ではないということだ。

「ケネスさんが話しているのは、何語ですか？」

「俺が使っている言葉は、大陸共通語だ。コウメが話している言葉も、綺麗な共通語に聞こえるが……」

——ああ、やっぱり……

ここは日本ではなかった。そして地球でもない、違う世界だなんて。

小梅は見ないようにしていた現実を、ようやく直視する。

「俺が数日前にここを通った時、ここには丘があるだけだった」

ケネスがそう語り出した。

「昔はこの丘の頂上に聖地があったのだが、今はなにもない。五十年前、突然その姿を消してしまったんだ」

「聖地、ですか？」

さらっと語られた中に、なんだかすごい言葉があった。

――ええ、ここってそんな大仰な場所なの？

丘の麓の遺跡だと思ったあの場所には、神殿みたいなものがあったのかもしれない。

「実は、一昨日の夜にこの森で地震が起こった。しかも、その際に聖地があったこの丘のあたりが光ったんだ。そんなことがあった後に建物が建っているなんて、御伽噺もいいところだ。しかし現実として、ここにこの店がある。正直言うと、どんな恐ろしい生物が出てくるのかと、内心冷や冷やしていた」

全くそんな風には見えなかったのだが、ケネスはミステリースポットへ肝試しに行くような気持ちだったのだろうか。

けれど、それは小梅だって同じこと。いわばミステリースポットのど真ん中に置き去りにされたようなものである。

「実際に出てきたのは君だった。何故そんな不思議なことが起きたのだろうか？」

そんなこと、小梅の方が聞きたいくらいだ。

「どうしてここにいるのか、自分でもわかりません。私が一昨日まで暮らしていたのは、この地図のどこでもなくて、日本という国でした。それがおばーちゃんのお葬式が終わって、翌朝気が付いたら、店はここにあったんです」

小梅は話しながら祖母のことを思い出してしまって、思わず俯く。忙しくしている時は忘れられたが、やはり祖母がいないことが寂しい。

「祖母殿を亡くした直後だったのか、それはお悔やみ申し上げる」

暗くなった小梅に、ケネスが深々と頭を下げた。

「辛い時期に押しかけるような真似をして、本当にすまない」

「いいえ、私も気が紛れてホッとした部分もありましたから」

謝罪するケネスに、小梅は微かに苦笑する。

悲しみが癒える手段や時間は、人それぞれに違う。

小梅は、自分と祖母のことを知らないケネスと会話したことで、気分が変わったのである。

「コウメの心を軽くするのに役立ったのなら、良かった」

ケネスはそう言うと、ほんの微かだが表情を緩ませた。

——え、今ひょっとして、笑ったの？

初めて見るケネスの笑顔に一瞬気を取られた小梅だったが、それよりも気にすべきことがあるとすぐに思い直す。

「そういえば、私、ここでお店をしていいんでしょうか？」

日本でだって商売をするのには営業許可とか色々ある。ここが異世界なら、また違うルールがあるのではないだろうか。

「ああ、ここはどの領地にも属さない空白地だから、誰かに許可をもらう必要はないはず」

「なら良かった」

小梅はホッと胸を撫でおろす。この「なごみ軒」は祖母と祖父が一緒にはじめた思い出の店なので、できるならば続けていきたい。

「それにこの道はなにもないから、文句の出ようもないしな」

「……もしかしてここ、あまり人が通らない道なんですか?」

食べ物屋にとって人通りは死活問題である。

眉をひそめる小梅に、ケネスが頷く。

「以前は聖地詣での人々で賑わっていて、休憩処も多くあったらしいが、この五十年ですっかり荒れてしまった。おかげで今ではなにもない」

目玉スポットがなくなった観光地のようなものか。

それに聖地跡というのは、立地としてはとても微妙な気がする。聖地を大事にしていた信者たちが、怒って押しかけたりしないだろうか。

「やっぱりここで営業って、信者の人とかを考えるとマズイんじゃあ……」

心配する小梅に、ケネスは「問題ない」と言う。

「ここは神に見放された地とされているからな、もう来ないだろう。それに聖地はここだけではないから、余所の聖地へ行っているはずだ」

なんと、聖地とは唯一のものではないらしい。日本でいうパワースポット的なものなのかもしれない。

縁起の悪い土地ということで、人が避けるようになれば、聖地詣での人々を相手に商売していた店も閉店する。現在ではあまりに人が通らないので、盗賊すら出ないのだそうだ。

――本当に大丈夫なの？

話を聞いて余計に不安が募る小梅の耳に、ふいに物音が聞こえてくる。

ガラガラガラ。

慌てて外へ飛び出せば、一台の荷馬車が丘を登ってきていた。

――お客さんだ！

ケネス以外では、客第一号だ。

「いらっしゃいませ！」

「珍しい、旅人が通るとは」

小梅についてきたケネスが不思議そうな顔をする。

「ああ、良かった。やっぱり建物があった！」

御者台に乗った小太りのおじさんがこちらを見てそう言うと、店の前で荷馬車を停めた。

「こちらの主かい？」

おじさんはケネスを店の主だと思ったらしく、小梅ではなく、ケネスに話しかけた。

――まあ、仕方ないよね。

背の高いケネスと小梅が並べば、まさしく大人と子供なので、そう思ったとしても無理はない。小梅は苦笑しつつ訂正しようとすると、先にケネスが口を開く。

「いや、俺は客で、店主はこちらのコウメだ」

「おう、こりゃ失礼！　お嬢ちゃんの方だったか！」

おじさんは荷馬車から降りて、小梅に頭を下げた。

「馬を休ませる場所がなくて困っていたんだよ。すまないが、コイツに飲ませる水を分けてもらえないだろうか？」

「おだんごを買ってくれたら、あそこの蛇口の水を自由に使ってもらっていいですよ」

家の水道は丘の上の湧き水をひいており、この水が美味しいと近所でも評判だ。よく『水を持ち帰りたい』と言われるので、だんごを買いに来た客は汲んでもいいルールとしている。

このことを言うと、おじさんは「しっかりしているねぇ」と笑う。

「そのオダンゴっていうのは、食い物かい？　さっきから良い匂いがするんだが……」

クンクンと鼻を鳴らすおじさんに、小梅は営業スマイルを浮かべる。せっかく通りかかった客を逃したくない。

「そうです。店内で食べてもいいですし、お持ち帰りもできますよ」

「じゃあ、店にお邪魔しようかねぇ。ちょうど休憩したかったところなんだ」

そう言うおじさんに、荷馬車を駐車スペースに停めてもらってから店内へ招く。馬にはバケツに汲んだ水を用意した。

「こちらにどうぞ」

小梅はおじさんを座敷に通す。

「生憎(あいにく)、みたらしだんごしか用意できていないので、それとお茶のセットでいいですか？」

本来のセットはだんごよりどり三本と抹茶のセットなのだが、今はみたらしだんごで勘弁してもらう。ちなみにだんごは一本百円だ。

「ああ、頼むよ」

おじさんが頷いたので、小梅は厨房(ちゅうぼう)に入る。

一方、店内をキョロキョロと見たり座敷の畳を物珍しそうに撫でたりしているおじさんに、ケネスが寄っていった。

「こちらの道を通るとは珍しいな」

「はあ、つい先日の地震で本街道が土砂崩れにあってねぇ。幸いにも巻き込まれた旅人はいなかったようだが、しばらく通れなくなってしまったんだ」

「それは初耳だ」

「道が復旧するのを待つわけにはいかないから、仕方なくこちらに来たんだよ。でも、旅路がきつい上に休憩する場所もないだろう？　難儀していたから、ここに店があって本当に助かったよ」

二人のそんな会話を聞きながら、小梅はだんごに添えるお茶を点てる。お茶の用意が終わったら、みたらしだんごの皿と一緒にお盆にのせた。

「どうぞ、おだんごのセットです」

小梅が皿と茶碗をテーブルに置くと、おじさんはそれらを興味深そうに眺める。

「串焼きに似ているが匂いは違うなぁ。こっちの飲み物もずいぶんと緑色だねぇ」

「この飲み物は抹茶と言うんです。見慣れないと思いますが、おだんごと合うんですよ」

小梅に勧められたおじさんは、半信半疑でだんごを手に取る。そして、串から一つ口に入れた直後、カッと目を見開いた。

「甘い、いやしょっぱい!?　なんだこの不思議な味は!?」

その勢いのまま、慌てて二つ目を口に入れる。

「おおぉ、噛むと蕩けるようだがしっかりと弾力もある。なんと複雑な食べ物なんだ……」

目を閉じてじっくりとだんごを味わった後、おじさんは抹茶の存在にハッと気付いて一口飲む。とたんに、驚きと喜びが顔いっぱいに広がった。

「神か、神の食するものなのだな!?」

――いやいや、普通のおだんごと抹茶ですから！

ケネスと同様の激しい反応に、小梅は頬を引きつらせる。

「コウメ、金は払うので、俺もあのお茶と一緒に食べてみたいのだが」

一方で味見の時に抹茶を飲んでいないケネスが、だんごと抹茶の組み合わせに興味を示した。

「いいですよ」

だが、だんごと朝食を食べたばかりなので、抹茶とだんご一本だけにしておく。

差し出されただんごを慎重に口に運んだケネスは、すぐに抹茶も味わう。すると、またしても衝撃を受けたような顔になった。

「なんという至上の組み合わせなんだ⁉」

「そうでしょう、そうでしょう！」

ケネスの叫びに、おじさんが激しく同意する。

「これは、嬢ちゃんが作ったのかい？」

「……はい、私一人しかいませんから」

おじさんの問いかけに、小梅はちょっと前まで祖母と並んでだんごを作っていたことを思い出す。けれど、すぐに寂しさを追いやって笑顔で答えた。

「はぁ〜、大したもんだぁ」

おじさんはため息交じりに感嘆の声を上げる。

「食感といい味といい、人生初の体験だよ」

抹茶を一口飲み、ホウッと息を吐く。

こうしておじさんとケネスがだんごに満足したところで、支払いとなった。

「いくらかね？」

「四百円です」

小梅が値段を言うと、おじさんもケネスもきょとんとした顔をする。

——あ、お金のことを聞いてなかった！

答えた後でそのことに気付き慌てる小梅に、ケネスが問いかけてきた。

「ヨンヒャクエンとはヒャクエン四つ分の金額、という意味で合っているか？」

「え、あ、そうです！」

首が取れそうなほど勢いよく頷く小梅を見て、ケネスは落ち着けというように、ポンポンと肩を叩く。

「ヒャクエン一つではなにが買える？」

「えーと、安いパンが一つ買えますかね。ジュース一本でもいいですけど」

コンビニやスーパーでの買い物を思い出し、小梅は告げる。

「ならば、ヒャクエンは大銅貨一枚程度だ」

「では、大銅貨四枚ですな」

そう言っておじさんがくれた大銅貨とやらは、見たことのないお金だった。

――やっぱりここは、日本じゃない……。

間違いなく異世界なんだと実感してしまった小梅は、ぐっと唇を噛み締める。

一人ならば大きな声で「どうして!?」と叫ぶところだが、今は接客が優先だ。気持ちを静めて笑顔を作る。

「ありがとうございます！」

支払いを終えたおじさんは立ち去るかと思いきや、大皿にあるみたらしだんごを見て言う。

「確か、持ち帰りもしていると言っていたが、それも頼んでいいかい？」

「はい、どのくらい包みましょうか？」

「あの大皿にのっている分、全部包んでもらいたいんだ」

なんと、用意していたみたらしだんごを全部買うという。

おじさんはここから見える街まで帰る途中だそうで、お土産にしたいらしい。

「ありがとうございます！」

小梅はみたらしだんごをパックに入れて包装紙で包み、袋に入れる。

「今の涼しい時期なら、一日程度は常温で十分もちます。けど、もし二、三日保存するなら、冷蔵庫に入れてくださいね」

――あ、でも、冷蔵庫ってあるのかな？

言ってしまってからどうしようと思ったのだが、おじさんは気にせず笑う。

「はっは、私の腹がそんなにガマンできないよ！」

結局、「冷蔵庫とはなんだ？」と言われなかったので、どうやら似たものがあるらしい。

おだんごの入った重たい袋と引き換えに、代金を受け取る。今度の支払いには銀貨が入っており、どうやら千円が銀貨一枚のようだ。

「今度通った時も、必ず寄るよ」

「またのご来店、お待ちしています！」

荷馬車の上から手を振るおじさんに、小梅も見えなくなるまで手を振り返す。

客が去れば、次の準備が待っている。初回に焼いただんごが、早くも売り切れてしまったのだから。

「さあ、もう一度焼かなくちゃ」

そうして厨房に行こうとした小梅をケネスが呼び止める。

「コウメ、実は頼みたいことがある」

「……なんでしょうか？」

なにか問題があったのだろうかと身構える小梅に、ケネスが切り出した。

「俺はこの丘と近くの森の調査をしている。けれどこれまで宿泊できるような小屋すらなく、野宿続きで難儀していたんだ」

昨夜も、野宿の準備をしている最中に、魔獣に襲われたのだという。ちなみに魔獣というのは瘴気を放つ獣のことで、瘴気とは大地や生物を蝕むものだそうだ。

「調査の間、俺をここに宿泊させてもらえないだろうか？　もちろん宿代は払うし、この世界のことでコウメが聞きたいことがあればなんでも答えよう。それに、娘一人で暮らしていると聞きつけた悪漢が来ないとも限らない。護衛にもなると思うが、どうだろう」

ケネスの頼みはわかったけれど、一つ疑問がある。

「護衛がいるほど、人って通りますか？」

人が通らなすぎて盗賊すら出ないと、先程ケネスが説明したのだ。

しかしケネスは自信ありげに言う。

「さっきの男の言う通り、本街道ががけ崩れで封鎖されているのならば、ここも旅人が通る。こちらの道を通れば美味しいものが食べられると噂になれば、通る者も増えるのではないか？」

ケネスの語る予想に、小梅は素直に頷けない。

――いやいや、美味しいって言っても、ただのおだんごだよ？

確かに日本でも、グルメを目的に旅路を決めることはままあるが、ここはだんご屋であって、高級スイーツ店ではない。ケネスはだんごをどれだけ買いかぶっているのだろうか。

だが一方で、本街道が通行止めになっている以上、確かにこちらの道に流れてくる旅人は必ずいるはずだ。他に競合相手がいないのならば、「なごみ軒」に寄る人も多いだろう。

――それに……。

小梅はケネス自身について考える。

ケネスとは出会ってから一日も経っていないが、誠実な人なのだろうと思う。

小梅が「異世界から来た」と信じられないような話をしても、嘘つき呼ばわりしたりはせず、丁寧にこの世界について教えてくれた。

色々と不安はあるものの、悪いことばかりではないこの場所で、ちょっと頑張ってみようかという気持ちになってくる。

どのみち、どんなことがあっても、小梅には「なごみ軒」をやめるという選択肢はないのだから。

それに、だんごが存在しないらしいこの世界で、だんごを広めるというのも悪くない。

「なごみ軒」のだんごの味が知れ渡って、将来「だんご街道」と呼ばれるようになる――なんてことは少々夢の見すぎか。

――なるようになる、だよね！　おばーちゃん！

小梅は気合を入れるように、ぐっと両手を握り締めた。

「わかりました、ケネスさんをこの店に泊めましょう」

というわけで、小梅に同居人ができたのだった。

# 第二章　これがお菓子!?

異世界で「なごみ軒」を開店して三日が経った。

小梅のこの世界での一日は、裏の畑でその日に使う野菜の収穫をすることからはじまる。

「うーん、そろそろ新しい苗を植えたいなぁ」

どこかで春植え野菜の苗を仕入れられないだろうか。そんなことを考えながら水やりをして、屋内に戻ると朝食作りだ。メニューはご飯に卵焼き、ケネスが釣ってきた川魚の塩焼きと味噌汁である。

それを手早く作ると、同居人となったケネスを呼びに行く。

ちなみにケネスには、一階の祖父の部屋を貸している。宿賃を入れるという人を、店の座敷で寝かせるわけにはいかないからだ。

「ケネスさん、朝ごはんですよー」

「わかった」

店の前で剣の素振りをしていたケネスはすぐに屋内へ入る。汗をかいているので、先にシャワーを浴びてくることを勧めた。

そうしてシャワーで汗を流したケネスと一緒に朝食を食べる。あちらはしっかりと運動をした後なので、朝から食欲旺盛だ。

——やっぱり、誰かと一緒の食事っていいなぁ。

祖母の遺影を前にしての食事に比べ、ケネスという話し相手のいる食事はより美味しく感じると、改めて思う。食事マナーは家それぞれで違うだろうが、小梅は祖母といろんなことをお喋りしながら食事したものだ。

遺影は今でも席に置いてあり、ケネスはいつも食事の前にそれに向かって目を閉じて祈る。真面目な性格みたいなので、礼儀としてしているだけかもしれないが。

——ケネスさんって良い人だね、おばーちゃん。

そんな風にほっこりする一方で、戸惑うこともある。

小梅は長年女だけの生活をしてきたので、家の中に男がいるということに慣れていないのだ。

一度、小梅が風呂に入ろうとした時、風呂から上がったばかりの半裸のケネスと遭遇してしまい、思わず悲鳴を発してしまったことがある。そんな小梅を見てケネスが言ったのは、『使用中の札がいるな』の一言だった。

――いっそ騒いでくれた方が良かった！

淡々と反応されては、小梅の身の置きどころがない。

生活の端々で感じるのだが、ケネスという男は喜怒哀楽が薄いのだ。基本的に感情の揺れが少なく、声を荒らげたりすることもない。

問いかければちゃんと返してくれるので、話を聞いてくれているのは一応わかる。けれど、時折「機嫌が悪いんですか？」と言いたくなるほど感情が乏しい。

そんなケネスが唯一感情を大きく表すのが、食事だ。

どれを食べても大仰な反応をするが、特に煮物や味噌汁の味が好みらしい。ケネスが初めて味噌汁を食べた時は、あまりにも衝撃を受けたのか無言になったものである。

『……っ!!』

『あの……お口に合いませんでしたか……？』

恐る恐る声をかけた小梅に、ケネスは否定するように首を横に振り、語り出した。

『コウメ、これの味付けはなんだ？』

『味噌ですよ』

『ミソ……初めて聞く調味料だ……。世の中にこんなに素晴らしいものがあるなんて、知らなかった』

そう言って感心しながら何杯もおかわりをしていた。

なんでも、このあたりには味噌や醤油といった発酵食品がないらしい。さらに、煮込み料理もスープくらいで、肉じゃがのような煮物はないという。

こんな風に、ケネスとの食事はいつも賑やかだ。

今もなんの変哲もない卵焼きを、とても感心しながら食べている。

「卵をこれほど薄く焼き、なおかつ層にしているとは、なんと斬新な発想なんだ。しかもほのかに深みのある味を感じる。これは一体なんの味だ？」

「普通に醤油の味ですけど」

稲盛家の卵焼きは醤油味のしょっぱい系なのだ。

それにしても、卵焼きとはそれほどすごい料理だっただろうか？

小梅は首を傾げながら、自分の分を食べる。ケネスの料理評論に付き合っていたら食事が進まないことを、この三日で学んだのだ。

朝食が終わったら、店に行ってだんごの仕込みだ。

昨日からきな粉と餡子のだんごを増やし、まずはケネスに試食してもらったのだが、またしても大絶賛された。その後、きな粉の材料が大豆と聞いて驚かれた。

というのも、大豆は主に飼料として使われていて、人が食べるのはほんの一部の地域だけなのだそうだ。餡子の小豆に至っては見たことがないという。

――小豆を見たことがないのは困るんだけど……

保存してある餡子やきな粉がまだ少し残っているが、直になくなるだろう。それらの補充のためにも、大豆や小豆は必須だ。もし小豆がなかったら、他の豆類で餡子を作ることを考えなければならない。

小梅が仕込みをしている間、ケネスは自分の馬に水をあげたりブラッシングしたりし、その後店内の掃除を手伝ってくれる。正直、背が低い小梅では手が届かない高い場所も綺麗にしてくれるのでありがたい。

そうして準備を終えれば開店である。

今日も開店してしばらくすると、本街道の土砂崩れを避けてきたという旅人が通った。馬を休ませがてらだんごを食べる客たちは、誰もが味に驚き、その時出来上がっているだんごを買い占める勢いで持ち帰る。

――廃棄が出ないのはありがたいけどさぁ。

こういう言い方はどうかと思うが、これは高級スイーツでもなんでもない、普通のだんごなのだ。何故あれほど感激されるのか、小梅には理解できない。

ちなみに、客が来るのは大抵昼頃までだ。それを過ぎると街の閉門に間に合わなくなるらしく、皆急いで出発していく。

なので客がいなくなってから二人で遅い昼食を食べ、小梅は店内の片付けをしながら念のため客を待つことにしていた。ケネスは馬に乗って丘と森の調査とやらに出かける。

いつもはさっさと出かけるケネスだったが、今日は店の周りをウロウロしていた。

「どうしたんですか？」

「いや、ずいぶん人が通るようになったから、念のためにと思ってな」

――念のために、なに？

意図がわからない小梅を尻目に、ケネスは店の周囲四隅の地面に石のようなものを埋める。そして聞いたことのない言葉をモゴモゴと唱えた直後――

キィン！

甲高（かんだか）い音が響いたと同時に、薄い靄（もや）のようなものが建物を包んだ。

「なんですか、これ!?」

驚く小梅に、ケネスは振り返って告げる。

「悪意がある者を弾く魔法だ。野盗の類（たぐい）は入ってこられないが、客は普通に通れる」

「魔法ですか!?」

——なにそれ、ファンタジー！

思わずテンションが上がった小梅は、ケネスに詰め寄る。

「魔法って、攻撃魔法とかもあるんですかね？」

小梅はかつて友人の家で遊んだゲームを思い出す。派手な演出と綺麗なグラフィックを見てすごいと思ったが、現実にはどんな風なのか。

「これでも魔法剣士だ、当然使えるぞ」

ワクワク顔の小梅に、ケネスはなんてことないといった口調で頷く。

「ちょっとだけ、攻撃魔法とかを見たいです！」

正直今まで、ここが異世界だと思ってもそれを実感することはなかった。けれど魔法を目の前にすると、俄然、異世界感が出る。

「……まあ、いいが」

ケネスはそう言うと、片手を空に向けてかざす。するとその掌からバレーボール大の火の玉が現れ、空に打ち出された。

「わぁ……！」

小梅は興奮して前のめりになる。

続けて、ケネスは空にかざしたままの掌から、先程と同じくらいの大きさの水の塊を打ち出し、火にぶつけた。

ジュワァァッ！

ぶつかった火と水は水蒸気となり、空中に霧散する。

「すごいすごい！　私、魔法なんて初めて見ました！」

ゲームの中の世界がそのまま目の前に出現したことに小梅は鼻息を荒くする。その様子を見て、ケネスが不思議そうな顔で言った。

「この家にも、魔法を使っているものがあるじゃないか」

「……はい？」

なにを馬鹿なことをと思った小梅に、ケネスが指さしたのは店の照明だ。

「あの明かり、魔力で動いているだろう？　あと、料理をする時に使う火だって、魔力が出ている」

「いやいや、明かりは電気で火はガスなんで、魔力で動くものではないっていうか……」

小梅は否定しようとして、途中で言葉を止めた。

電線もガス管も通っていないのに、どうやって電化製品は動き、ガスがつくのか。

――電化製品って、いつの間にか魔力でも動くように進化していたの？

そんなあり得ないことを考えて、すぐに否定する。

あれらは日本の量販店で買ったものなのだから、そんなビックリ機能はついていない。

では、どうして電化製品もガスも使えるのだろうか？　考えれば考えるほどわからない。

「……まいっか、使えるんだから」

小梅は多少の謎には、目を瞑（つむ）ることにした。

一方ケネスも、明かりもガスも元々は魔力で動くものではなかったと聞いて驚く。

「いや、確かに魔力を流した痕跡があるんだが……」

ケネスは照明を眺めながらブツブツと呟いていた。

そんなことがありつつも、ケネスは出かけ、いつも通り夕刻前くらいに帰ってきた。

それから閉店作業を手伝ってもらい、二人で夕食を食べて順番に風呂に入れれば部屋に戻る。

こんな風にして生活する二人だが、とある問題が浮上することになった。

食糧問題である。

肉や魚はケネスが出かけた際に調達してくれるし、畑の野菜ももうしばらくあるけれど、問題は主食だ。

お米が少なくなっているし、パンはすでにない。主食がないのは非常に困る。

できればきな粉と餡子（あんこ）のために大豆（だいず）と小豆（あずき）が欲しいし、砂糖と塩といった調味料も必要だ。それに茶葉の補給もしたいのだが、果たして日本茶の茶葉はあるのだろうか。

というわけで、小梅は買い出しに行くことにした。

「ケネスさん、街に買い出しに行きたいんですが、日帰りで行けますかね？」

小梅は朝食の時にケネスに尋ねる。

「なごみ軒」を昼頃までに出ないと街の閉門に間に合わないらしいのだが、旅人は歩きだったり荷馬車だったりするので、所要時間がわかりづらい。

「俺の馬を使って今ぐらいの時間にここを出れば、日暮れ頃には帰ってこられるだろう」

箸が使いづらいというケネスがフォークでご飯を食べながら、そう答えた。

「馬……」

つまり、馬を貸してくれるということだろうか。だが生憎（あいにく）と、小梅は乗馬経験なんてない。

――私、ちゃんと街まで行ける？

小梅がよほど情けない顔をしていたのか、ケネスに頭を撫（な）でられた。

「そんな顔をするな、ちゃんと連れていってやる」

まるっきり子供扱いだが、馬に乗れない以上強く出られない。

こうして買い出しのため、本日の「なごみ軒」は休業となった。

小梅は早速外出の準備をする。

この国は一年を通して温暖で、四季はあるものの気温の変化はあまりない。今の季節は一応春先だ。

それでも朝となれば多少は冷えるので、綿のパンツと薄手のセーターに薄手のコートを羽織る。お店で稼いだ金を袋に詰め、斜め掛けした鞄に入れれば準備完了だ。

ケネスに書いてもらった「本日休業」の張り紙を戸締まりした雨戸の上に貼ると、準備万端といった様子の馬のもとへ向かう。

「コウメ、こいつはブライアンだ。ブライアン、コウメを乗せてやってくれ」

「ヒヒン」

ケネスが首を撫でながら語りかけると、ブライアンは頭を上げて嘶く。小梅にはそれが「仕方ねぇから乗せてやるよ」的な反応に見える。

「あの、お手柔らかに、よろしくどうぞ……」

急に走り出したり立ち止まったりなんていう、心臓に悪い動きはしないで頂きたい。絶対に踏ん張れずに落ちると思う。

ブライアンに対して及び腰な小梅の目の前で、ケネスがヒラリとその背にまたがった。

「コウメ、その鐙に足をかけて乗るんだ」

ケネスはなんてことないように言うものの、その動作が小梅には大変だった。背の低い小梅は鐙に足をかけるだけでヒーヒー言い、乗ったら乗ったで意外と目線が高いことにビビる。

「怖い、馬怖い！」

ブライアンの首に掴まる小梅は、ケネスの笑い声という珍しいものを聞いてしまった。こんな風に出発はてんやわんやしたのだが、ブライアンの走りに慣れてしまえば気分爽快だ。

「馬って、速いんですねぇ！」

どこまでも緑が続く道をしばらく行くと、パラパラと民家らしきものが点在しはじめる。広い農地が広がっているところを見るに、恐らく農家だろう。春は芽吹きの季節であり、植え込みの時期でもある。どの畑でも忙しそうに働いているのがわかる。

ケネスの説明によると、この国は平地が多く、土地も肥沃なため農業に適しているらしい。その上、近場で狩りをすれば肉だって手軽に手に入るし、魚も湖や川で採れるそうだ。

「へえ、食材に恵まれているんですねぇ」

「そうだな、その点は幸運だ」

そんな話をしながら畑の続く道を抜ければ、街の外壁が見えてきた。

「あれがトッフェの街だ」

ケネスが指さした先にある街の入り口では、兵士らしき格好の男たちが出入りのチェックをしている。

――空港のチェックみたいなものかな。

その小梅の考えは間違いではなく、国から回ってきた罪人の人相書きに似ていないか、怪しい物を所持していないかを確かめているという。そのどちらにも当てはまらなければ誰でも通れるらしく、パスポートのようなものを見せたりはしないそうだ。

無事にトッフェの街に入ったところで、小梅はケネスに声をかけた。

「あの、たぶん沢山買うと思うんですが」

「なら先に、小型の荷車を調達するか」

それに荷物を積んで、ブライアンに引いてもらおうというのだ。

というわけで荷車を扱う店に行く。レンタルの荷車もあったが、わざわざ返しに来るのが面倒だし、大して高額でもないため、買った方がいいという話でまとまった。

「帰り道、よろしくね」

「ヒヒン」

小梅が鼻先を撫でると、ブライアンは気持ち良さそうに鳴いた。

買い物の準備が整ったところで、まずは第一目的である、穀物店へ向かう。

「いらっしゃい！」

小梅たちが店に入ると、威勢のいいおばさんの声に迎えられた。

「なにが入り用だい？　言われれば必要な分だけ倉庫から出してくるよ」

おばさんに聞かれ、小梅はドキドキしながら告げる。

「あの、食用の大豆が欲しいんです。あと、小豆という豆と米というものも探しているんですけど……」

緊張気味の小梅の注文に、おばさんはニコリと笑った。

「食用の大豆はちょっと高くなるよ。あと、小豆と米かい？」

「ありますか？」

「ああ、たまに欲しいと言う客がくるからね。ただ、あまり量はないけど」

なんと小豆も米もあるという。

おばさんが奥の倉庫の方に声をかけると、従業員らしき男が袋を三つ担いできた。大きな袋が大豆で、それより一回り小さな袋が小豆と米だった。それぞれの袋の中身を確かめてみると、大豆と小豆は普通のものだったが、米がもみ殻付きで粒が小ぶりだった。

――これだとうるち米かもち米か、ちょっとわからないなぁ。

米を触ったり匂いを嗅いだりしている小梅の横で、ケネスが怪訝そうな顔になる。

「アズキとコメというのは、初めて見るんだが」

「はっは、そりゃそうだろうねぇ」

そう零すケネスにおばさんが笑う。

小豆も米も一般的な食材ではないが、一部の地域で自生している物を粥にして食べる習慣があるらしい。たまにその地域の出身者が買い求めるので、少量だけ置いているという。

――自生している米なのかぁ。

だとしたら品種改良された日本の米とはだいぶ品質が違うだろう。だんごに使えるかどうかは作ってみないとわからないので、帰ってから確かめるしかない。

もしこれがだんごに使えなかったとしても、食事用の米にしてしまえばいい。

「これでいいかい?」

「はい、買います!」

確認してくるおばさんに、小梅は笑顔で頷く。

ついでにちょうど切らしていた小麦粉も小袋で買った。

こうして店を後にし、早速これらを荷車に積み込むと、一気に重くなる。

「ようし、次に行きますよ！」

続いて小梅は調味料を扱っている店に向かい、塩と砂糖を見せてもらう。塩は店頭に置いてあり、砂糖は頼んだら奥から出てきて、白砂糖と未精製糖があった。

――塩はこのくらいだと思うけど、砂糖がすごく高くない？

価格を見て眉をひそめた小梅に、ケネスが寄ってきた。

「この国の砂糖は輸入品だから、とても高価だ」

「なるほど」

高価な理由に小梅も納得する。

このあたりの人たちは砂糖をあまり使わず、甘さをとるには果物か蜂蜜を使うらしい。

未精製糖よりも白砂糖の方が高かったため、小梅は未精製糖を一袋と、塩を一袋購入する。

次いで茶葉店に行って日本茶の茶葉探しだ。

「いらっしゃいませ」

茶葉店の店員は物静かなおじさんで、おだやかな挨拶に迎えられた。

この店は自前の茶畑を持っているそうで、全て自家栽培だと言う。

そう聞いて期待を持った小梅だったが、残念ながら緑茶はあるものの抹茶はなかった。

むしろ抹茶とはどういうお茶なのかと聞かれる。

「えっと、茶葉を摘む三週間くらい前から日陰を作って育てて、葉を採む代わりに乾燥させて粉にしたものなんですけど」

小梅の説明に、店のおじさんが驚く。

「日陰で育てるという発想はありませんでした。ぜひ取り入れてみます」

とりあえず今度の茶摘みで試してみるそうで、出来上がったら味を確かめてくれと言われた。

ついでに抹茶の淹れ方まで教えると、謝礼として緑茶と紅茶の茶葉を一袋ずつもらってしまう。その上今後も買い物の際に割引すると約束され、その証の名刺を渡された。

小梅は申し訳なく思いつつも、抹茶が手に入りそうなことに嬉しくなった。

——美味しい抹茶ができるといいな。

それまでに抹茶が切れてしまったら緑茶で代用するしかないが、期待は持てる。

それからパン屋と、春植えの野菜の種や苗を探しに園芸店も覗いて、小梅の用事は完了だ。

「ケネスさんはなにか買わないんですか?」

せっかく街へ来たのだから、ケネスも買い物をすればいいと勧める。

「着替えを買い足したい」

ケネスはダメにしたシャツの代わりや、細々とした生活用品も買いたいらしい。今までは野宿だったので、最低限の物しか持っていなかったそうだ。

「付き合いますから、ちゃっちゃと行きましょう！」

まずは服屋でシャツを数枚買い、次に生活用品を求めて小物屋に入る。

すると――

「おやぁ、ダンゴ屋さんじゃないか」

聞き覚えのある声がしたのでそちらを見れば、なんと店のカウンターに「なごみ軒」初めての客だったあのおじさんがいた。

「いらっしゃい、今日は買い物かい？」

「ええ、食材の買い出しに。ここ、おじさんの店だったんですね！」

笑顔で会話をはじめた小梅とおじさんを横目に、ケネスは軽く頭を下げてから店内を物色し出す。

「あの旦那、嬢ちゃんの店の客じゃあなかったのかい？」

ケネスに視線をやりながら、おじさんが首を傾げる。

「そうだったんですけど、あの後、宿代わりに部屋を提供することになりまして。今日はここまで連れてきてもらったんです」

小梅が事情を話すと、おじさんは大きく頷いた。

「女一人はなにかと物騒だから、そうした方がいい。あの旦那、恐らくは良い家のお人だよ」

「そうなんですか？」

後半のセリフを声をひそめて言ったおじさんに、小梅も小声で聞く。

「ああ、言葉の訛りがあまり強くないし、所作もどことなく上品だ」

喋る内容が翻訳されて聞こえる小梅には、言葉の訛りというのはわからないが、所作が上品というのはなんとなくわかる。例えば食事の時なんかも、ケネスは綺麗な食べ方をしていた。

「とにかくダンゴという至高の食べ物を、彼にはぜひ守ってほしいものだね！」

「至高って……」

大げさな言い方に、小梅は苦笑するしかない。

「そういえば、私の友人が最近悩んでいるのでね、ダンゴを食べるべきだと勧めておいた。アイツもあの味を知れば、悩みなんて吹っ飛ぶさ！」

「悩み、吹っ飛びますかねぇ？」

おじさんはだんごになにを求めているのだろう。過剰な期待をしないでほしいのだが。

「もちろん、私もまた暇を見つけて食べに行くよ」

「ありがたいですけど、ここからは遠いですし、無理はしなくていいですよ？」

「いや、あの味にはそれだけの価値がある！」

遠慮する小梅に対して、おじさんが首を横に振る。

「その意見には同意する」

買い物をしていたはずのケネスまで、いつの間にか隣で頷いていた。

こうして買い出しも終わり、後は帰るだけとなる。

「せっかくだ、昼食を済ませていくか」

「そうですね」

ケネスの提案に小梅も頷く。時間はちょうど昼時だった。

――そういえば、この世界で外食をするのは初めてだ。

高校卒業と共に調理師免許を取得予定だった身としては、異世界料理に興味がある。

ケネスの案内のもと、そこそこ流行(はや)っているらしい店に入った。

――うーん、相変わらず知らない字が読める。

小梅はメニューを見て謎現象に首を捻りつつも、本日のお任せセットとやらを頼んでみる。

しばらく待って出てきたのは、大きな塊のステーキだった。

「おおう、アメリカンサイズ……」

これに火を通すのは手間がかかるだろうなんて感想を抱きながら、小梅は初の異世界料理にドキドキする。そして手にしたナイフを肉に入れると、予想外にスッと切れていく。

――柔らかい！

ボリュームに反して、肉自体は絶妙な火の通り具合だった。味付けは塩コショウのみで、切り分けた肉を口に含むと濃い肉の味が広がる。これだけ肉が美味しければ、味付けがシンプルなのも頷けた。

付け合わせのサラダもシンプルで、生野菜に香りの良いオイルをかけてあるだけ。スープはクリームスープで、こちらも素朴な味がした。

「どうだ、ここの料理は」

無言で味を確かめる小梅に、ケネスが尋ねる。

「美味しいです！」

「そうか」

そう言うケネスが頼んだのはローストビーフに香味野菜のソースがかかったものだ。こちらも調理方法としてはシンプルである。

——シンプルな料理を好むお国柄なのかも。

料理の創意工夫は、素材の粗悪さを誤魔化すために生まれることがままある。日本は高温多湿な気候のため、冷蔵庫が存在しない時代は食材の保存が難しかった。だからこそ保存食の工夫が進み、複雑な味を生み出すに至ったのだ。

一方でこの国では近場で新鮮な食材が手に入り、素材本来の味を味わうことができる。ある意味恵まれた国なのだろう。

こうして大満足の食事を終えると、今度は甘いものも食べてみたくなる。

「お菓子も買いたいんですけど」

「……菓子か、わかった」

小梅のリクエストに、ケネスが一瞬の間を置いて頷く。

「あれが菓子店だな」

ケネスが連れていってくれたのは、大勢の客で賑わう「ゲッテンズ」という店だった。なんでも、他の街にも支店があるくらい大人気の店なのだそうだ。

「俺はここで待っているから、行ってくるといい」

「わかりました、行ってきます！」

というわけで小梅は一人、砂糖の香りが充満する店内に入る。そして視界に飛び込んできた菓子のショーケースはというと……

――なんか、すごいカラフル。

先程の料理のシンプルさとは裏腹に、菓子はゴテゴテなデコレーションが施されたものだった。一口サイズの菓子に、カラフルに着色されたアイシングやクリームが「これでもか！」というくらいに飾り付けされている。一応焼き菓子らしいのだが、土台の焼き菓子がどこにあるのかわからないほどだ。

見た目に楽しいのは確かだが、食べ物としてこのカラフルさはどうだろうか。食欲減退色とされる青を使った菓子まである。

小梅はこの過剰にデコレーションされた焼き菓子を見て、アメリカのケーキ店の画像を思い出す。ビックリするくらいにカラフルなそれを見て、『これは本当にケーキか？』という議論が調理科の友人たちとの間で巻き起こったものだ。

目の前の焼き菓子は、それに似ている気がする。

――まあ、大事なのは味よね、味！

案外、味のバランスはうまく整えているかもしれない。

こうして小梅は比較的まともに見える色合いの菓子を購入したのだが、値段がかなり高かった。小さな箱に焼き菓子が四つ入っている一番安いものを買ったのだが、日本円に換算すると約三千円もするのだ。

とはいえ、日本でも高級なブランドの菓子となるとこのくらいはするかと納得して、ケネスの待つ外へ出る。

「お待たせしました！」

買った菓子を早速食べてみたいと思った小梅は、広場のベンチに移動する。

小梅は箱から取り出したカラフルな菓子を改めて観察した後、ベンチの前に立つケネスを見た。

「ケネスさんもどうぞ」

「いや、俺は菓子の類（たぐい）は苦手でな」

小梅が菓子を勧めるも、ケネスには断られる。

――おだんごはあんなに食べるのに？

洋菓子が苦手ということだろうかと首を傾げる小梅を余所（よそ）に、ケネスは近くに出ている露店から飲み物を買ってくると言って離れた。

苦手だと言う人に無理強い（むりじ）するのは良くない。ケネスの分も、小梅が美味（おい）しく食べることにしよう。

「頂きます！」

カラフルな菓子をパクリと一口食べた瞬間。

「……っ!?」

危うく噴き出しそうになるのを、辛うじて堪えた。

――甘っ、激甘!!

吐くほど甘いとは、まさにこのことだ。

デコレーション部分が甘いのは想定内だが、土台の焼き菓子までとても甘い。口の中が砂糖でジャリジャリするし、なによりすごく固くて噛むのに一苦労だ。これが人気店の菓子の味かと驚愕するばかりである。

菓子作りは材料を正確に計量するのが大事だと習ったのだが、果たしてこれは砂糖をちゃんと量ったのだろうか？

もしこれが失敗作ではなく、分量通りの焼き菓子だとしたら、とても恐ろしい。

あまりの甘さに悶える小梅の前に、スッとカップが差し出される。

「これでも飲め」

そう言ってケネスが飲み物を渡してくれた。今すぐに口の中の砂糖を洗い流したいと思っていた小梅は飛びつく。

少々酸味の強い飲み物は、砂糖の甘さをほど良く中和してくれた。もしや、こうなることがわかっていて買いに行ったのか。

そしてケネスが苦手だと言ったのは、この味のことなのだと納得する。

「こんなの、砂糖の暴力ですよ！」

「だが、それが菓子というものだろう？」

小梅が涙目で訴えるも、ケネスはなにがおかしいのかといった様子だ。

いや、ケネスだけではない。人気店というのは本当のようで、店に大勢の女が出入りしているのが見える。

「楽しみ～」

「早く帰って食べましょう」

皆期待に胸を膨らませながら、店の袋を下げて歩いていく。

――あれを楽しみだなんて、絶対に味覚が麻痺していると思う。

小梅はあんな砂糖の塊を菓子だとは認めたくない。

まともな菓子もあるはずだと思い、他の店も覗いてみたが、並んでいるのはどこも同じようにカラフルにデコレーションされたものばかりだ。むろん、買う気にはならず、ガラス越しに店内を見るだけで立ち去った。

　買い物と美味しい食事にウキウキしていたはずの小梅の気持ちが、激甘菓子のせいでどよんと淀んでしまう。

「もう帰るか？」

　テンションが下がってしまった小梅を見て、ケネスがそう提案する。

「……そうですね」

　小梅は肩を落としながら同意した。

　こうして、いっぱいの荷物と共に街を出た小梅たちは、ガタゴトと車輪の音を響かせて朝通った道を戻っていく。

　帰り道の小梅はしばらく無言である。あの砂糖の塊は菓子に携わる者として、非常にショッキングな味だった。

　――あれが人気店のお菓子だなんて！

　どうにも納得いかない小梅は、ブライアンの手綱を握るケネスに聞いてみた。

「お店の食事は普通に美味しかったのに、どうしてお菓子はあんななんですか？」

　そう、食事はシンプルな味付けながらも美味しかったのだから、この国の人々の味覚が崩壊しているわけではないだろう。菓子に対する感性だけが変なのだ。

小梅の疑問にケネスが答える。

「菓子は金持ちの食べ物だからな」

ケネスの言っている意味がわからない。

砂糖は高価なため、それを使う菓子も高価になってしまうのはわかるとして、どうしてあんなに激甘になってしまうのか。

「そもそも、高価だって言うなら、お砂糖を控えて作ればいいじゃないですか」

小麦粉は安かったのだから、あの砂糖まみれのデコレーションを減らせばお手頃価格になるはずだ。

「砂糖を減らしたら菓子にならない」

小梅の主張はケネスにスパッと否定された。どうやら、砂糖をたっぷり使ったものを菓子と言うらしい。

——なにその理論！

もしかして、高価な砂糖を沢山使っているから金持ちの食べ物になっているのではなく、金持ちの食べ物にするために砂糖を沢山使っているということだろうか。だとしたら健康に悪そうな考え方だ。

和菓子にだって砂糖をふんだんに使うものはある。しかし甘さを引き立たせるには、砂糖を多量につぎ込めばいいというわけではなく、塩やその他の調味料とのバランスが肝心なのだ。そのため、どの店も研究に研究を重ねて作っている。

それなのに、高価な砂糖を沢山使うのが菓子だなんて、雑にもほどがあるだろう。

——この国、美味しいお菓子に謝って！

「そんなこと言ったら、おだんごはお菓子に入れなくなりますよ！」

小梅が憤然と言い返すと、ケネスはしばし沈黙する。

「……？　あれは菓子ではなく食事だろう」

今、変なことを言われた。

「はい？　おだんごは立派な甘味、つまりはお菓子ですよ」

小梅の言葉に、ケネスがすごい顔でこちらを向く。

「馬鹿な、あの程度の砂糖の味で菓子だと⁉」

砂糖の量で、菓子かどうかを判断するのはやめてほしい。それと、手綱を握っているのだから、ちゃんと前を見てもらいたい。

「ケネスさん、前を見ましょうよ」

小梅が注意をすればケネスは前に向き直るものの、それでも疑わしげな顔をしている。

だんごを食事だと勘違いしたのは、砂糖の量もあるのだろうが、串に刺さっていることも原因かもしれない。串焼き料理だと思われた可能性がある。

とはいえ、あの砂糖の塊を菓子の基準にされては、日本の菓子の全てが菓子ではなくなってしまう。美味しい菓子に囲まれて育った小梅としては、そんなのは認められない。

「お菓子は砂糖控えめでも、ちゃんと作れます。帰ったら試しに作ってみましょう」

作ると言われたケネスが、戸惑うように小梅を見た。

「コウメは、菓子を作れるのか？」

「はい、基本的なものは」

信じられないならば、食べてもらって信じさせるまでである。

――おばーちゃん、美味しいお菓子を知ってもらうために、私頑張るからね！

心の中で祖母に語りかけ、小梅は甘味のための戦いに向けて奮起した。

「なごみ軒」に帰り着いた頃には日が暮れかけていたため、小梅は夕食の準備と同時進行でクッキーを作ることにした。ケネスは横で見学である。

「いいですか、ケネスさん。焼き菓子の基本の材料はバターに砂糖、塩、卵黄、小麦粉の五つです」

これにナッツやレーズン、香り足しにエッセンスを混ぜたりして工夫を凝らすのだ。

「菓子なのに塩を使うのか?」

「ケネスさん、お菓子は砂糖だけでは作れませんよ。味はバランスが大事なんです」

塩があることが信じられないという顔のケネスに、小梅は菓子作りの大前提を語る。

その言葉を聞いてもまだ首を捻ったままのケネスを置いて、小梅はクッキー作りに取りかかった。

ボウルにバターを入れてほぐし、砂糖と塩を加え、泡立て器で白っぽくなるまで練り混ぜる。次いで卵黄を加えてさらに混ぜ、最後に小麦粉を加えてゴムべらで切り混ぜた。そうしてできたものを平たく伸ばし、冷蔵庫で休ませれば生地の完成だ。

小梅たちは生地を寝かせている間に夕食を済ませ、クッキーを焼く工程に取りかかる。型抜きで生地をくり抜いて天板に並べ、あらかじめ温めておいたオーブンで焼く。

「甘い、良い香りがするな」

オーブンの中をじっと見つめながらクッキーの焼き上がりを待つケネスが、ポツリと零す。

菓子が苦手だと言っていたケネスが「良い香り」だと言った。砂糖の甘さだけではなく、小麦の焼ける香ばしい匂いも漂っているからだろう。

思えばあの店の菓子は砂糖の匂いしかしなかった気がする。小麦の香りが砂糖の圧倒的な量に負けていたに違いない。

こうして焼き上がったクッキーは、美味しそうな香りを放っていた。

「どうぞ」

小梅が焼き立てのクッキーを皿に移して差し出す。ケネスはそれをつまみあげつつも、色々な方向から観察するだけで口に入れようとはしない。

菓子というだけで拒絶反応が出ているのだろうか。

「ケネスさんが見た分の砂糖しか入ってませんから、あまり甘くないはずですよ」

むしろ通常よりも砂糖の量を少なめにして作ったので、このクッキーは日本でも甘さ控えめの部類になるだろう。

小梅に促されたケネスはクッキーを睨みつけた後、覚悟を決めたように口の中に放り込む。

次の瞬間、カッと目を見開いた。

「口の中がジャリジャリしない！」

クッキーを食べた感想がこれというのはどうだろうか。

「普通の焼き菓子は、砂糖がジャリジャリしたりしませんから」

しかし、小梅のツッコミはケネスには聞こえないらしい。そのままマシンガントークがはじまった。

「甘さはほんのりと感じるが、それよりもこの香ばしさはなんだ!? そうか、肉の焼ける香りが芳しいように、焼き菓子にも芳しい香りというものが存在したのだな!?」

焼き立てクッキーの香りくらいで大げさな、と以前だったら思っただろう。けれどあの砂糖の塊の存在を知ってしまったら、こうなってしまうのも頷ける。

「あの菓子と同じ材料だけで作ったとは、信じられん」

「信じられなくても同じ材料のはずです。でなければ生地が固まりませんから」

あの砂糖の塊も、量さえ変えれば同じような焼き菓子になるのだ。

「この国の人たちは、お菓子に使う砂糖の量を誤解しているんです。砂糖を大量に使えばより美味しいお菓子ができるわけではありません」

人が心地良く感じる甘さには限界値がある。それを探っていくのが菓子職人というものだろう。

「なんということだ。美味しい菓子の味を、俺は今まで知らずにいたのか……」

ケネスは常識が覆ったかのような顔をして、しばらく打ちひしがれていたのだった。

# 第三章　健康的なお菓子のススメ

小梅がケネスに美味しい焼き菓子の味を教えた後、「なごみ軒」のメニューが増えた。なんと、クッキーを置くことにしたのだ。

――うち、洋菓子店じゃなくて、だんご屋なんだけどなぁ。

そう思う小梅だったが……

「美味しい菓子の味を、菓子嫌いの者にも知ってもらいたい！」

「……はあ、まあ、いいですけど」

このように、ケネスの熱意に押されてしまったのである。

というわけで、朝の仕込みにクッキー作りが増えて忙しくなった小梅の代わりに、ケネスが店内や玄関前の掃除を請け負ってくれることになった。

今日も開店して早々に一人目の客がやってきて、早速だんごの横に置いてあるクッキーを訝しそうに眺めている。

「これはなんだい？」

その客はクッキーを焼き菓子と認識できなかった。カラフルなデコレーションがされていないし、砂糖の甘ったるい匂いもしないからだ。

「これはクッキーです」

「クッキー？　初めて聞くものだ。だがダンゴがうまいのだから、これだってうまいのだろうな」

そう言いながらクッキーを少し買って食べてみる。すると……

「おお、うまい。ほのかに甘いし、小麦の焼けた香りがパンに似ている」

そんな感想を告げる客に、小梅は笑顔で説明する。

「材料は確かにパンと似ていますが、これはパンではなく焼き菓子なんですよ」

「は⁉　そんな馬鹿な⁉」

話を聞いた客は、目玉が飛び出そうなほど驚いた顔をした。

――そんなに？　いや、わかるけどさぁ……

あの砂糖の塊のインパクトはどれだけ強いのだろうか。

こうして「なごみ軒」の新メニューが客たちに衝撃を与えること、数日。

ある日の昼過ぎ、そろそろケネスが探索に出かけようとしていた頃に、一人の客がやってきた。

「少々尋ねたいんだが」

そう言いながら店に入ってきたのは、気難しそうなおじさんである。

「いらっしゃいませ！」

笑顔で出迎える小梅に、おじさんが尋ねた。

「ここが、ダンゴという食べ物を食わせる店かね？」

どうやら、だんごの噂を聞いてきた客らしい。

「はい、そうです。店内で召し上がりますか？　それとも持ち帰りますか？」

「では、店内で頂こう」

それを聞いて、小梅はおじさんを座敷に案内する。

「ご注文は？」

「……店のおすすめの品は？」

「皆さんが頼まれるのは、だんごセットですね」

「なら、それを頂きたい」

注文を聞いた小梅は早速三種類のだんごを皿にとり、点てたお茶と一緒におじさんのもとへ運ぶ。

「どうぞ、ごゆっくり」

そう言ってから離れた場所まで下がる。

「これが話に聞いたダンゴか……」

おじさんは初めてだんごを見る客らしい動作で、手にした串をじっくりと観察する。

やがて、覚悟を決めたような表情で口に運んだ、次の瞬間。

「ううぅ……」

おじさんが泣き出してしまった。

「どうしたんですか!? 串が喉に刺さりました!?」

なにがあったのかと、小梅が慌てて駆け寄る。

「……そうなんだな、これこそが美味しい甘味なのだな」

おじさんは苦しそうな声で、そんなことを漏らした。

――え、美味しくて泣いたの？

それにしては、今までの客のように嬉しそうではない。どちらかといえば打ちひしがれたような表情に、小梅は戸惑う。

すると様子を見守っていたケネスもこちらへ寄ってきた。

「アンタ、もしかしてトッフェの街の菓子店『ゲッテンズ』の店主ではないか？」

「え、それってもしかして……」

あの砂糖の塊を売る店の主人が、このおじさんなのか。

驚く小梅に、彼は悲しそうな顔で頷いて見せた。

「そうさ、私が『ゲッテンズ』の店主であるゲッテンズだ。ここには、友人の小物屋に聞いてきたんだ。このくらいの時間に行けば、他の客はいないだろうと言われてな」

小物屋のおじさんは、街で会った二日後にもだんごを食べに来てくれて、また大量のだんごをお土産（みやげ）に持ち帰っていった。すっかりだんごの味に嵌（はま）ってしまった人だ。ちなみにその時にだんごが甘味（かんみ）だと知り、衝撃を受けていた。

――そういえば小物屋のおじさん、友人がどうのとか言ってたっけ。

もしや悩める友人というのは、「ゲッテンズ」の主人なのだろうか。

そのゲッテンズは打ちひしがれたまま抹茶の器に口をつけ、今度は驚いたようにカッと目を見開く。

「この甘味（かんみ）との融合（ゆうごう）具合、なんと素晴らしい飲み物だ！」

この国の人は、反応が一々大仰（おおぎょう）だ。

一喜一憂（いっきいちゆう）しながらだんごと抹茶の味を堪能（たんのう）したゲッテンズは、ボソボソと語りはじめる。

「あの店は私の祖父の代から続く店なんだ。一族で菓子作りに励んできたおかげで、各地に支店ができるほどの繁盛店となったよ。私も祖父が残したレシピにアレンジを加えたりして良くしてきたつもりだ。けれど！」

ゲッテンズがテーブルを拳で叩き、涙を滲ませた。

「ここに懺悔する！　私は一度たりとも、自分が作る菓子をうまいと思ったことがない！」

「あー……」

話を聞いた小梅は、もはや言葉にならない。

味覚はまともなのに、一族に伝わる不味いレシピを継がなければならなかったとしたら、なんという悲劇だろう。むしろあの菓子を考案したという彼の祖父は、なにを思って砂糖の塊を作り出したのか。

しかも、売れなければ話はそこで終わりだったのに、不幸にも砂糖の塊は流行ってしまった。

流行というのは、時にうまい不味いを超越することがある。

砂糖を大量に使うという贅沢さが金持ちたちの自尊心を刺激し、味よりも贅沢なことに重きを置いた菓子へとエスカレートしていったのだろう。

「最近では、一つの菓子にどれだけの砂糖をつぎ込めるか、ということばかりが考えられているんだ……」

——なんて嫌な研究の仕方なの。

糖尿病になること間違いなしである。

ゲッテンズの慟哭を聞いたケネスは、その肩を優しく叩く。

「店主よ、あなたは実に勇気がある。真実を直視することができたのだから」

この言葉に、ゲッテンズは恐る恐る顔を上げる。

「おお、ではやはり、あなたも……？」

「ああ、甘くて食えたものではないと思っていた」

ズバリ本当のことを言ってしまったケネスとゲッテンズが握手を交わす。

それから二人は甘味について熱く語り出してしまい、気が付けば今から帰っても閉門には間に合わないという時刻になった。

「問題ない。元々、どこかで野宿をして開門を待とうと思っていたのだ」

「いやいや、危ないですから！」

ケロリと言うゲッテンズを、小梅は慌てて止める。もしもゲッテンズの野宿中になにかあったら、小梅は気に病むどころの話ではない。

というわけでゲッテンズには泊まってもらい、せっかくなので一緒にクッキー作りをすることにした。

本職の菓子職人に菓子の作り方を教えるというのは変な話だが、材料の分量を実際に見てもらった方が理解できるだろう。

ケネスの時に続いて、ゲッテンズもやはり砂糖の量に衝撃を受けていた。

「たったこれだけの砂糖で、味がするのかね⁉」

「大丈夫ですから」

小梅は心配するゲッテンズを宥めなだめる。むしろケネスの時に比べて、砂糖は多めにしたのだ。

砂糖の量についての議論は完成してからと説得し、早速生地作りをはじめた。

ゲッテンズの手際はさすが本職といった感じで、小梅よりも出来栄えがいい。砂糖の量を間違えていただけで、他の作業は完璧である。

「えらく生地が滑らかだし、まとまりやすいな」

「正しい分量だと、作業がスムーズでしょう？」

ゲッテンズの感心する声に、小梅はそう告げる。

菓子というのは、ちょっと分量を増やしたり減らしたりするだけで、出来上がりが大きく変わるものなのだ。小梅はクッキーを作る際に砂糖の限界量に挑戦したことなんて

ないが、それでも彼らの研究は無謀な試みだとしか言いようがない。

「焼き菓子というのは、小麦粉・バター・砂糖のバランスで決まるんです」

このバランスが崩れると、味が落ちるだけでなく生地がまとまらなくなる。これは他の菓子でも同様だ。

だからこそ、限界まで砂糖をつぎ込んだ菓子は、作りにくかったに違いない。アイシングなどで過剰に装飾していたのは、ボロボロになった生地を誤魔化すためもあったのだろう。

――砂糖を増やすことで、お菓子作りを無駄にややこしくしていたのよね……

楽しそうに生地を伸ばすゲッテンズに、小梅は苦笑を漏らす。

その後、成形したクッキーをオーブンで焼いていると、菓子の焼ける良い香りを嗅ぎつけたのか、席を外していたケネスがやってきた。

「どんな様子だ？」

「さすが本職ですね、私よりも出来栄えがいいと思いますよ」

小梅が褒めると、ゲッテンズが照れたように笑う。店に入ってきた時よりも表情が柔らかいところを見ると、よほど思い詰めていたのかもしれない。

お茶を飲みながら待っているうちに、クッキーが焼き上がった。オーブンから漂う香ばしい匂いに、おじさんは驚く。

「いつもの菓子の香りと違う……。そうか、砂糖の甘い匂いが弱くなれば、他の材料の香りが引き立ってくるのだな！」

クッキーの香りについて思案するゲッテンズは、目を血走らせている。次いで焼き立てのクッキーを一つ取り、恐る恐る齧った。

「味は……、うん!?　サクッと柔らかく、歯触りがいい！　いつもの菓子の固さとは大違いだ！」

興奮するゲッテンズの横で、小梅も一つ摘む。

「うん、美味しい！」

香ばしくてちょうど良い甘さのクッキーに、小梅の頬が緩む。

「この間のものよりも甘めだが、これなら茶請けに欲しいと思うな」

ケネスも一つ口に含んで頷く。

「たったこれだけの砂糖の量で作れるのなら、価格はずいぶんと抑えられるだろうな」

味を確認したゲッテンズは、経営者らしく値段を考え出した。

「ケーキなんかの他のお菓子も、あの砂糖の割合を参考にするといいですよ。砂糖の甘さって依存性があるらしいですから、そういった意味でも控えた方がいいと思います」

「依存か……。確かに、常連客はもっと甘くできないのかと注文を付けてくるな」

それはまさに砂糖依存症と言えるだろう。アレで足りないとは、もはや病気でしかない。そんな風になるまで菓子を食べるなんて、一体どれだけ金持ちな人たちなのだろうか。

――そういえばケネスさんも、あの甘い菓子をよく知っているような口ぶりだったけど……

もしかして、彼はすごくお金持ちの家の人なのだろうか。小梅の頭に、ふとそんな考えがよぎるのだった。


「なごみ軒」は週の二日を定休日としていて、そのうちの一日を小梅は買い出しに当てている。その休みである今日、小梅は買い出しのついでに菓子店「ゲッテンズ」を覗いてみた。ちなみに甘い匂いを嫌ったケネスは、広場で留守番である。

小梅は偶然にも客がいない時に来たらしく、店内には店員とゲッテンズだけが立っていた。

「……こんにちは」

「おお、ダンゴ屋さんではないか！」

小梅の顔を見て、ゲッテンズが笑みを浮かべた。

「あれからどうなったのか気になってしまって、来ちゃいました」

小梅は顔を出した理由を告げながら、店内を見回す。すると前回の来店時にはなかったコーナーを見つけた。

ショーケースの横に茶色い焼き菓子が並ぶワゴンが出ているのだ。

菓子自体の地味さをカバーするためか、可愛らしくラッピングがされていて、ワゴン自体も飾り付けられている。

「評判はどうですか？」

「想定内ではあるが、反応が真っ二つに分かれているな」

真っ二つとは、「こういうのを待っていた！」と言う客と「高価な砂糖をたっぷり使った菓子にこそ価値がある」と考える客である。後者は砂糖を控えたおかげで安価になった焼き菓子を、「高価な菓子を買えない連中のものだ」と揶揄（やゆ）するのだという。

「やっぱり、ステータスを大事にする人には難しいですねぇ」

それにもしかしたら、砂糖依存症の人たちなのかもしれない。

「でも、こういうものがすぐに受け入れられないのはわかっていたからな。気長に売っていくさ」

そう語るゲッテンズの表情は柔らかい。恐らく自分の中の葛藤（かっとう）がなくなったからだろう。

「そうだダンゴ屋さん、スポンジ生地の方も試食してみてくれ。割合は全てに共通だと教えてもらったんで、作ってみたんだ」

そして持ってきた皿に盛られているのは、クリームでコーティングした上に果物が飾られているケーキだった。

「これもスポンジが焦げなくなったし、食感が良くなったんだ」

「わぁ、頂きます！」

皿を受け取った小梅は、添えてあるフォークでケーキを口に運ぶ。

「うん、美味しいです！」

フワフワのスポンジ生地を噛むと、卵の風味がフワリと口の中に広がった。生クリームも甘すぎずスポンジによく馴染んでいる。

——これが以前はどんなだったのか、考えたくないかも。

思わずそんなことを考えてしまったが、過ぎたことは置いておこう。

「そうか、良かった……」

小梅の反応にゲッテンズは言葉では喜んだものの、表情があまり晴れやかではない。

「なにか気になることでもあるんですか？　私で良ければ相談に乗りますよ？」

小梅が尋ねると、ゲッテンズは迷った末に口を開いた。

「実は妻方の親戚に、乳製品をとると蕁麻疹（じんましん）が出る子がいてな」

「ああ、いますよね、そういう体質の子って」

小梅の友人にも食物アレルギーの子がいた。アレルギーは大人になるにつれ徐々に良くなっていく場合もあるそうだが、それでも子供の頃に皆と同じものを食べられないのは辛いだろう。

「その子には昔から、誕生日にケーキを送っていてな……」

友人を招いてパーティをする際にその贈り物はとても喜ばれるそうだが、その子は主役なのに食べられない。ゲッテンズはそれがとても可哀想で、なんとかならないかと考えていたという。それに、せっかくスポンジ生地がこれほど美味（おい）しくなったのだから、その子にも味わってほしいと思ったそうだ。

そこで牛乳や生クリームを使わずに作ってみようとしたらしいのだが、どうしてもある問題に直面する。

「やはり見栄えがな……クリームを使わないと貧相（ひんそう）に見えるんだ」

「そうですねぇ、クリームで飾り付けると見た目が綺麗（きれい）ですもんねぇ」

小梅は皿に盛られているケーキを見つめた。クリームとフルーツで飾られたケーキは特別感があるし、ここの人々はコテコテにデコレーションされたケーキに慣れている。

なのに自分の誕生日ケーキがスポンジ生地丸出しで、デコレーションも地味になったら、その子はがっかりしてしまうかもしれない。それでは本末転倒だろう。

「だから発想を変えて、クリームをなにかで代用できないかと考えているところでな。それに、クリームは沢山食べると太るだろう」

「そうですね、あれって脂肪の塊ですから」

ゲッテンズの意見に、小梅も同意する。クリームたっぷりの菓子は美味しいが、食べすぎには注意なのだ。

「他のもので代用できたら、美味しくて身体に良い菓子ができるのではないかという狙いもある」

「なるほど、目指すは美味しくて健康的なケーキですね」

ゲッテンズは砂糖を減らしたクッキーを作ったことで、健康面のことも考えるようになったらしい。つい先日までと比べて大きな進歩だろう。

しかしその挑戦は、今のところ成功していないのだそうだ。

「それでな、その子の誕生日がもうそろそろなんで、困ってしまったんだ」

「クリームかぁ……」

乳製品の代用品で思いつくのは豆乳だ。日本でもヘルシー志向が流行っており、豆乳でホイップクリームが作られていた。生クリームと比べると味の違いはあるのだが、あれはあれで十分美味しかった記憶がある。

——でも、このあたりに豆乳ってあるのかな？

「あの、豆乳って知っていますか？」

「トウニュウ？　聞いたことのない食材だが」

小梅が尋ねると、案の定ゲッテンズは首を傾げる。

「豆乳というのは、豆の乳という意味です。大豆から牛乳みたいなものを作れるんですよ」

「大豆だと!?　あれは家畜の餌だろう!?」

大豆を飼料としてしか知らないのなら、驚くのも無理はない。

「いやいや、大豆は人間も食べられますよ。しかも、豆乳からなんとクリームを作ることができるんです！」

「大豆でクリームを作るなんて、そんなまさか……」

ゲッテンズは信じられないらしい。だが、大豆はすごいのだ。

「私の故郷で大豆は『畑の肉』と言われていて、栄養面でとても優れているんです。それに調味料も作れるしメインのおかずにもなる、万能食材なんですよ」

「はぁー、所変わればという奴だなぁ」

小梅の故郷で大豆が大活躍であることに、ゲッテンズは感嘆のため息を漏らす。

「豆乳は牛乳の代用品としてよく使われますから、その子のように乳製品を受け付けない体質の人にはピッタリなんです」

「……なるほど、試してみて損はないということか」

どうやらゲッテンズは豆乳を試してみる気になったようだ。

「それで、どうやったらトウニュウとやらができるんだ？　豆を搾るのか？　だが、それだと油が出るだけだろう」

ゲッテンズは作り方が想像できないらしい。

「うーん……豆乳作りって、ちょっと時間がかかるんですよね……」

作り方自体はそれほど複雑ではないのだが、フードプロセッサーなどの道具が使えない状況では、労力が必要となる。それに口で説明して理解してもらうのは難しいだろう。

「私、明日もお店が休みなんで、豆乳作りに付き合いますよ！」

「おお、ありがたい！」

小梅が握り拳を作って言うと、ゲッテンズは表情を明るくする。

「じゃあ、今日のうちに下準備が必要ですし、まずは大豆を買いに行きましょう！」

というわけで、小梅はゲッテンズと一緒に穀物店へ向かうことになった。

もちろん、広場で待っているケネスも誘う。

「コウメの故郷は大豆が好きだな」

ケネスが経緯を聞いて、最初に言った言葉がこれだ。

確かに、味噌や醤油、きな粉など、日本は大豆製品で溢れている。日本人の口に大豆が合っていたのだろう。

ケネスはクリームまでも大豆で作れるのかと驚いていたが、子供のアレルギーについては同情していた。

「牛乳が飲めないというのはたまに聞く。別に飲めなくても困らないとは思うが、疎外感というのはあるかもな」

家族や友人たちは口にするのに、自分だけが食べられないというのは、案外負担になるものだ。

「俺の菓子を食って『不味い！』って言うのは構わない。けれど、うまいか不味いかすら試せないのは可哀想だ」

ゲッテンズがそんなことを言う。そう、品定めができるのは、それを食べられてこその特権なのだ。

それに、小梅には豆乳以外の期待もあった。

「豆乳ができれば豆腐も作れますから。今度豆腐のお味噌汁を作りますよ」

そう、豆腐である。小梅はぜひ豆腐料理を食べたい。

「大豆の汁に大豆の具を合わせるのか、斬新だな」

「言われてみれば……そうですね！」

そんなことを話しながら歩いていると、穀物店へ到着した。

「こんにちは」

「おや、買い忘れかい？」

再びやってきた小梅に、穀物店のおばさんが不思議そうな顔をする。

「いえ、今度はゲッテンズさんに付き合っているんです」

小梅に言われて、おばさんはゲッテンズに気付く。

「おや、そっちも小麦を仕入れたばっかりだろうに」

「いや、今日は大豆を買いに来た」

疑問顔のおばさんに、ゲッテンズは用件を伝える。

「菓子店が大豆を買うのかい？　なんのために？」

「もちろん、菓子の食材だ」

おばさんも菓子と大豆が繋がらないようで、しきりに首を捻っている。そんな彼女に、ゲッテンズは経緯について簡単に説明した。

「はぁー、大豆が牛乳の代わりねぇ」

おばさんはにわかには信じられないといった口調である。

——まあ、そうなるかもね。

けれどここで大豆の有用性が示されれば、食材としての地位が向上するかもしれない。大豆好きな日本人として、頑張りどころだろう。

「アタシも気になるから、後で結果を知らせておくれよ」

そう告げるおばさんに見送られ、小梅たちは菓子店へと戻った。

今度はケネスも一緒に、ゲッテンズの案内で奥の厨房へとお邪魔する。

「で、どうすればいい？」

作業台の上に大豆の袋を置いたゲッテンズが、小梅に向き直った。

「豆乳作りに必要なのは大豆と水だけです。作り方を簡単に言うと、大豆を潰してから炊いたものを搾るんです。今日は下準備をお願いします」

まずは大豆を水に浸けておく必要がある。

「浸ける時間は半日程度。目安としては、十分に水を吸水していて、割った時に大豆の中央部分にある筋がなくなって平らになるくらいまでです。そうなったらザルに上げてください」

「半日か……なら、時間を考えて浸ける方がいいな」

でないと、真夜中に大豆の様子を見に来る羽目になってしまうだろう。

「そのあたりはお任せしますね」

下準備の説明をした小梅は、実際の作業をゲッテンズに任せて、店を後にした。

そして翌日。

小梅はケネスと朝早くに店を出て、再び「ゲッテンズ」にやってきた。

「こんにちは！」

「おう、浸かってるぞ」

小梅たちを待っていたかのように、店頭にいたゲッテンズが声をかけてくる。

三人は早速厨房へ向かい、奥の作業台に置いてある大豆を確かめてみた。

「うん、大丈夫そうですね！」

下準備が整ったところで、大豆を潰す作業に入る。

「水に浸かって膨れた大豆と同量の水を用意してください。その水と一緒に大豆を潰すんです。ちなみに水の量を少なくすれば濃い豆乳が、量を多くすれば薄い豆乳になりますよ」

ただ一度に全てを潰すのは難しいので、少量ずつ取り分けて作業をする。これを数回繰り返すのだが、これが最も重労働だった。

なにせ水を吸った大豆は重く、運ぶだけでも大変だし、すり鉢で潰すのもまた一苦労だ。ちょっと飲む量だけを作るのならば労力も少ないが、今回は多めに仕込んでいるから余計大変である。

——フードプロセッサーが欲しい！

小梅は日本の便利な道具は偉大であると、改めて実感したのであった。

腕力があまりない小梅は早々に脱落し、ゲッテンズとケネスに頑張ってもらう。

全てを潰し終えたところで、次は火入れだ。

「厚手の深鍋に移して炊きます」

最初は強火から中火で、鍋の底が焦げ付かないようにかき混ぜながら火にかける。沸騰してきたら吹きこぼれないよう弱火にし、しばらく加熱してから火を止める。炊きすぎるとえぐみが出てしまうので、火を止めるタイミングは重要だ。

「途中で味見しないでくださいね。大豆を生で食べるとお腹を壊しますから」

「ってことは、時間と勘で判断するのか」

小梅の忠告に、ゲッテンズが難しい顔をした。

ここまでの作業を、他の台で作業しているゲッテンズの弟子たちがチラチラと覗き見している。朝から置いてある大豆の山が謎だったのだろう。

——大豆の変身ぶりに、ビックリするといいよ！

小梅は内心ニマニマとしながら、火入れの作業を見守る。

大豆が炊けたところで、豆乳作り最後の工程である。

「いよいよ、豆乳を搾り出します」

水に濡らして固く絞った濾し布に炊いた大豆を入れ、濾していく。最後は木ベラなどで押して、水分が出なくなるまでめいっぱい大豆を搾る。

そうして溜まった白い液体に、三人は注目する。

「この液体が、豆乳です」

「本当に、牛乳みたいな見た目だな」

ゲッテンズは、早速コップで豆乳を掬う。

「潰している時は青臭かったが、今は甘い匂いがする」

まずは匂いを確かめるゲッテンズに、小梅が説明する。

「焦げ付かないように丁寧に炊くと、青臭さが抜けるんです」

「ふむ……」

それを聞いたゲッテンズが、意を決したようにコップの中身を口に含む。

ごくりと飲み込み、驚きに目を見開いた。

「牛乳とは味が違うが、これも甘くて美味しいな！」

「ほう、そうなのか」

ゲッテンズの反応にケネスも気になったらしく、勧められたコップを受け取る。

「うん、確かにうまい」

味見の結果は上々のようだ。

「おい、お前たちも飲んでみてくれ」

「「はい！」」

ゲッテンズに声をかけられるのを待っていたかのように、弟子たちがすぐさま飛んできた。職人として新しい食材が気になるのは、小梅もわかる。

ゴクリ。

豆乳を飲み込んだ弟子たちは、ゲッテンズと同じように目を見開いた。

「これ、本当に大豆ですか⁉」

「豆臭くない、むしろ美味しい！」

――そうでしょう、そうでしょう！

期待通りの反応に、小梅は嬉しくなる。

こうして豆乳ができたところで、いよいよクリーム作りだ。

「クリームの材料は豆乳に砂糖、油、レモン汁です」

油を使わなかったり、レモン汁ではなく片栗粉を使ったりと、色々なアレンジがあるけれど、これが基本の材料だろう。ちなみにレモンはこの世界にもあった。

「まずは豆乳と砂糖と油をボールに入れて、クリーム状になるまで混ぜてください。固まったところでレモン汁を加えてまた混ぜれば完成です」

「なるほどな」

小梅の説明を聞きながら、ゲッテンズはボールに材料を入れていく。混ぜる手つきはさすが職人といった感じで、あっという間に仕上げてしまう。

「ふむ、こうしてみると普通のクリームだな」

ゲッテンズは乳製品のクリームと見た目が変わらないことを確かめると、スプーンで一掬いして味見をする。

「少しコクが足りないようにも思うが、あまり気にならない程度だな」

味にも満足したゲッテンズに、小梅はホッとする。

「これでケーキを作れそうですか？」

小梅が尋ねると、ゲッテンズはニカッと笑う。

「もちろんだとも、これならあの子にうまいケーキを作ってやれる！」

「良かった！」

その返答に、小梅は手を叩いて喜んだ。

ゲッテンズは早速このために作り置いていたスポンジ生地に手早くクリームを塗っていく。最後にフルーツをのせれば、あっという間に完成である。

それをカットして、三切れを皿に盛りつけた。

「二人とも食ってみてくれ」

「わぁ、頂きます！」

「……ふむ」

ゲッテンズに促(うなが)され、小梅はもちろん、お菓子が苦手なケネスも手を伸ばす。

「うん、美味(おい)しい！」

生クリームと食べ比べをすれば違いがわかるのかもしれないが、これ単体なら気付かないだろう。そのくらいに美味(おい)しい。

ケネスの方はフワフワのスポンジ生地もさることながら、豆乳クリームの食べやすさに驚いていた。

「これを大豆から作ったとは思えないな。俺はクリームの濃さが苦手だから、むしろこっちの方が好きかもしれない」

「確かに、クリームって胃もたれしますもんね」

乳製品アレルギー以外にも、そうした需要もあるだろう。

なにせ牛乳に比べて低カロリーなのが豆乳の良さだ。

それに、出来上がったのは豆乳だけではない。

「ちなみにこっちの布に残ったものはおからと言って、これも立派な食材です。小麦粉の代わりになりますから、小麦粉が食べられない人向けのお菓子におすすめですよ」

「ほう、そうなのか！　それは良いことを聞いた！」

菓子を作る以外にも、おからハンバーグやおからコロッケなど、料理に使っても美味しい。小梅もぜひ分けてもらいたいくらいだ。

「菓子を楽しめる客が増えるのはいいな。菓子ってのは、誰でも美味しく楽しめる方がいい。『美味しい』という気持ちは、大人も子供も、金持ちも貧乏人も同じだからな」

ゲッテンズがそんなことを言った。

「その通りです！」

「なるほど、真理だな」

小梅とケネスも、拍手で同意する。

豆乳とおからを使えば、アレルギーで食べられなかった人にも菓子を届けることができる。それが、ゲッテンズは菓子職人として嬉しいのだろう。

その後、他の人たちからも感想を集めるらしく、ゲッテンズは次々にケーキを作る。どうせならおからクッキーも作ってみようということになり、小梅はおからを乾煎りして粉にするのを手伝う。おからは粒の大きさで食感が変わるので、菓子作りに使うには、できるだけきめ細かい粉にする方がいいのだ。

そうしてケネスが石臼を回す作業を代わってくれた時のこと。

「そういえば、昨日言っていたトーフというのはどんなものなんだ？」

「ああ、俺も気になるな」

豆腐のことを覚えていたらしいケネスとゲッテンズが、興味を示してきた。

「そうですね、簡単ですからこの後作ってみましょう」

小梅はクッキーの焼き上がりを待つ間に、鍋を借りて実演してみせる。

「豆乳に天然塩を加えて、固まったものが豆腐です」

ミネラルたっぷりの天然塩をにがりとして使用するのだが、ゲッテンズは良い塩を仕入れていたので、これなら大丈夫だろう。

豆乳を入れた鍋に火をつけ、焦げないように優しくかき混ぜる。温まってきたら天然塩を投入し、ゆっくりと数回かき混ぜ、蓋をしてしばらく置いておくと徐々に固まってきた。

そしてザルに晒し布を敷いて水切りをすれば、手作りざる豆腐の完成だ。

出来立ての温かい豆腐からは、甘い香りがする。

豆腐といえば醤油だが、この世界にはないので豆腐だけで味わってもらうことにする。

「どうぞ。大抵は冷やしてから食べるんですが、温かいとまた食感が違うんですよ」

「これはまた、予想外のものが出来上がったな」

皿に盛られた豆腐を見て、ゲッテンズが驚いていた。

そしてスプーンで一口掬い、口に運んだ。

「ゼリーとは違う食感だが、つるんとしていて俺は好きだな。口の中にねっとりと広がるのがいい」

この世界にも植物の根から作られる凝固剤を使ったゼリーがある。

豆腐はそれよりもホロホロと崩れやすいので、食べた時に口いっぱいに豆の風味が広がるのだ。ゲッテンズはこの豆腐の食感を気に入ったらしい。

続けてケネスも一口食べる。

「これはミソ汁に入れてみたくなる」

ケネスはそんな感想を口にした。

味噌汁に豆腐は鉄板の具材なので、当然の結果と言えよう。

こうなると、たまには豆乳を作ってみるのもいいかもしれない。小梅の家でならフードプロセッサーが使えるので、大豆を潰す作業がぐっと楽になる。

小梅は久しぶりに豆腐を食べ、色々と作りたくなってきた。

――がんもどきや湯葉もありかも。揚げたての厚揚げだって美味しいし、ああ夢が広がる！

そうこうしている間にクッキーとケーキが出来上がり、店員たちの休憩に合わせて大試食大会となった。

「このケーキすごい！　いくらでも食べられそう！」

店員の女の子は、豆乳クリームのケーキに目を輝かせる。やはりクリームがくどくないのが高評価のようだ。

彼女は菓子好きが高じてこの店で働いているらしく、最近売り出した甘さ控えめの菓子についても、「これでお菓子を沢山食べられるってことですよね！」と言っている猛者である。

一方、弟子たちは、おからクッキーを試食していた。

「焼き菓子の方も、大豆で作ったとは思えませんね」

「本当に、言われなければ大豆だなんてわからないな」

おからの量を変えれば硬さの調節ができるし、食感を良くしたいなら小麦粉と混ぜてもいい。そのあたりの自由が利くのがおからの良さである。

「こりゃあ、研究しなきゃならんな！」

大豆という新食材に、ゲッテンズの菓子職人魂が燃えている。

以前「なごみ軒」を訪ねてきた時の意気消沈ぶりが嘘のようだ。

こうして豆乳作りは大成功に終わり、小梅は手伝いの礼として、豆乳二瓶とおから二袋をもらった。小梅はあれこれと指示しただけで、主に労力を使ったのはゲッテンズだったが、手作り豆乳とおからがもらえるのは純粋に嬉しい。

――やった！　これで夕飯なに作ろうかな？

人の役に立てて、美味しいものもゲットできてと、ウキウキ気分で帰っていった小梅であった。

日が暮れかけた頃、小梅たちはトッフェの街から自宅に戻った。

早速夕食作り開始である。

「今夜のメニューは大豆尽くしですから！」

「わかった、期待していよう」

力を入れて宣言する小梅を見て、ケネスが微笑ましそうな表情でブライアンの世話に向かった。

小梅は荷物を置いて着替えると、台所で手作り豆乳とおからを前に腕まくりをする。

――よし、やるぞ！

メニューはすでに考えてある。

今晩の夕食は豆腐の味噌汁におからハンバーグと、デザートに豆乳プリンで決まりだ。

手早く味噌汁と豆腐を仕込んだら、次はおからハンバーグを用意する。

玉ねぎを透き通るまで炒めてから、ボールにひき肉とおからを入れ、塩コショウをして練り混ぜる。そこに炒めた玉ねぎも加え、さらによく混ぜればタネの完成だ。後はタネを小判型にまとめ、油を熱したフライパンで両面焼くだけである。

このおからハンバーグを焼いている間に、デザートの豆乳プリンに取りかかる。

材料は豆乳と砂糖と卵の三つだけ。これらをボールに入れ、泡立て器でかき混ぜたら、一、二回濾して容器に流す。鍋に容器を入れて蒸し、固まれば出来上がりだ。後は冷蔵庫で冷やしておけばいい。

そうしている間におからハンバーグも焼き上がる。ソースや付け合わせの野菜と共に皿に盛ればこちらも完成である。

最後に味噌汁に豆腐を入れる。ちょうど良いタイミングでご飯も炊けたので、ケネスを呼んだ。

「ご飯ですよー！」

小梅の声を聞いて、部屋着に着替えたケネスが現れた。

「うまそうな匂いだな。どう大豆を使っているんだ？」

「おからはハンバーグのつなぎに使っていて、豆乳は味噌汁の豆腐と、後で出すデザートのプリンに入っていますよ。さあ出来立てのうちに食べましょう！」

小梅が「頂きます」と手を合わせると、ケネスは祈るような仕草をする。どうやらこの国の食事前の儀式みたいなものらしい。

ケネスがまず口にしたのは、豆腐の味噌汁だ。

「ミソ汁の塩味とトーフのまろやかさが絡んで、口の中に旨味が広がる……。同じ大豆の食品だからこれほどに調和するのか……！」

豆腐の味噌汁について熱く語ってくれた後、次にケネスが食べたのはおからハンバーグである。

この国にもミンチ肉を塊にしてステーキにするという料理があるため、ハンバーグは珍しいものではない。

しかしケネスは、おからハンバーグの食感に驚いていた。

「柔らかい！」

「おからを使っているから、ふんわりとした焼き上がりになるんです」

もっと柔らかくしたい場合は、おからに豆乳を足すといいのだが、小梅はこのくらいが好きだ。

「しかし、おからがどこにあるのか、食べてもわからんな。それに、いつものよりも食べ応えがある気がする」

「おからは腹持ちがいいですからね」

ケネスの反応を見て安心した小梅は、自分も食べはじめる。

「うん、美味(おい)しい！」

久しぶりに豆腐の味噌汁を食べ、気分がホッコリとした。

そして、美味しい食事のシメは豆乳プリンだ。

「どうぞ」

小梅が冷蔵庫から豆乳プリンを出すと、ケネスは不思議そうな顔をしながら、スプーンを手に取る。

そして一口食べた瞬間――

「なんだこれは!?」

ケネスは初めてだんごを食べた時と同じ顔をした。

「なんだって、プリンですけど……」

首を傾げる小梅を余所に、ケネスはプリンを味わうのに忙しい。

「甘い味の中に広がるのはトウニュウと卵の風味か？　ゼリーとも、トーフとも違う食感だ」

この反応を見て、もしやと思った小梅は尋ねる。

「卵の蒸したら固まる性質を利用したお菓子なんですけど、ないんですか？」

「ああ、俺は今まで見たことがない！」

ここで、驚きの事実が発覚した。なんとこの国には、ゼリーはあってもプリンはなかったのだ。

――プリンなんて、作り方は簡単なのに。

何故、誰も溶き卵を蒸したりしなかったのだろうか？

謎に思う小梅に対して、ケネスが神妙な顔で声をかけてきた。

「コウメ、このプリンという食べ物だが、できれば誰にもレシピを教えないでくれ」

「え？　どうしてですか？」

小梅が尋ねると、ケネスが理由を話してくれた。

というのも、プリンは焼き菓子やケーキにテコ入れしたのとはわけが違い、全く新しい菓子だかららしい。ケネス曰く、このレシピ一つで一財産築くことができるという。

――確かにプリンって、日本でも知らない人がいないくらいに有名だもんね。

即ち、それだけのポテンシャルを秘めているということである。発表の場を選ぶべきだという意見は、頷けるものがあった。

「教える相手として適した人を知っているから、その人に話をするまでは待っていてくれ」

「わかりました」

素直に話を聞き入れた小梅を見て、ケネスは満足そうにする。

そして、あっという間に食べ終えたプリンのおかわりを要求したのは言うまでもない。

後日、街に来た小梅は、再び「ゲッテンズ」を訪れた。

「いらっしゃいませ！　あ、ダンゴ屋さん！」

迎えてくれたのは、先日の大試食会に参加した店員だった。彼女の声が聞こえたのか、奥からゲッテンズが出てくる。

「誕生日ケーキの反応はどうでしたか？」

小梅が尋ねると、ゲッテンズは満面の笑みを浮かべた。

「ああ、初めて食べたケーキは、それはもう最高にうまかったって言ってくれたよ」

諦めていたケーキを皆と一緒に食べられたことは、その子にとってどれほどの感激だっただろうか。

しかも店ではまだ売り出していない、特別な材料を使っている新作ケーキだ。それをその子のために作ったと言われれば、喜ばないはずがない。友人たちにも大層羨（うらや）ましがられ、鼻高々だったらしい。

子供は、こうした出来事をずっと覚えているものだ。小梅が幼い頃、祖母にもらっただんごの味を今でも覚えているように。

「その子、将来お菓子職人を目指すかもしれませんね」

「だとしたら嬉しい限りだな」

ゲッテンズは今回の贈り物の結果に、満足そうだった。

その後、誕生日の出席者から話が広がったらしく、ある客から「牛乳が飲めない子でも食べられるケーキ、売ってませんか？」と尋ねられたという。

需要があると踏んで少量店に置いてみたところ、あっという間に売れた。

その際に店員が「太りにくいクリームのケーキです」と説明をしたのも影響しているのかもしれない。世界は変われど、女たちが体型を気にするのは同じなのだ。

豆乳クリームのケーキと同様に、おからの菓子も着実に売れているという。こちらもアレルギーのある人だけでなく、ダイエット目的の客も買っているようだ。

さらに豆腐の食感が気に入ったゲッテンズは、これを菓子に活かせないかと、色々研究中らしい。小梅はきっと美味しいデザートを作ってくれるものと期待している。

これらの「砂糖控えめの菓子」からはじまった菓子業界の大革命は、歴史に残る話となる。

中でも豆乳クリームやおからを使った菓子は人々に衝撃を与え、空前の大豆ブームとなった。

「ゲッテンズ」だけでなく様々な店がこぞって大豆（だいず）を買い付け、甘くない菓子の専門店ができるほどである。

やがて砂糖たっぷりの菓子は身体に良くないとの風潮が広まり、数年後、菓子店は全て「砂糖控えめの菓子」の店にとって代わったという。

本当に美味（おい）しい菓子を伝えた小梅を、菓子業界では「女神」と崇（あが）めることになるのだが――

今の小梅は知らない、未来の話である。

# 第四章　聖獣と魔獣(まじゅう)

小梅がこの世界に来て数週間が経った。

近頃は本街道を迂回(うかい)してきた旅人に交ざって、「なごみ軒」を目当てにこの道をやってくる客が増えている。

「いやぁ、私はここに来るのが目的だったんですよ」

「おたくもですか。実は私もこれが楽しみでねぇ」

座敷では客同士がそんな話で盛り上がっている。

人が増えると問題も増えるもので、店の周囲にケネスが張ってくれた例の結界に弾かれる人が出てきた。

最初に弾かれたのは、旅商人の体(てい)で店にやってきた男だ。店に入れずに喚(わめ)いている男を見て、客の一人が強盗犯の人相書きに似ていると言い出した。

そのため、ケネスが魔法で動きを封じ、トッフェの街へ向かう客の荷車に転がして連行してもらったのである。

「入る人間を見分けられるなんて、大した結界だねぇ。アンタ、特級魔法の使い手になれるんじゃないかい？」

魔法に詳しいという客にそう言われ、ケネスは苦笑していた。

「買いかぶりだ」

「いいや！　この国の末王子が特級魔法の使い手らしいが、きっとアンタだってそれに劣らないさ！」

――へー、実はすごい人なのか、ケネスさんって。

横で話を聞いていた小梅は、ケネスの魔法が普通の魔法じゃないと知って感心する。

こうして店が賑わう一方で、本街道の復旧を待つ人が未だに多くいると耳にする。この道を使っている旅人たちも、相当の覚悟を持ってこちらに回ったという意見が大半だった。

――やっぱりこっちの道って、縁起が悪いって思われてるっぽいなぁ。

思案する小梅の視線の先にあるのは、崩れた遺跡のような場所である。

ケネス曰く、あれはかつて神殿だったらしい。五十年前までは立派な建物だったそうなのだが、今では見る影もなかった。

――五十年であそこまで朽ちるのは、おかしくない？

となれば、考えられるのは人の手で壊された可能性だ。

日本にいた時、海外の紛争地で礼拝堂が壊される映像を見たことがある。ここでも内乱のようなことが起きたのだろうか。

そんな疑問はさておき、客が増えたおかげでだんごを仕込む量も増え、開店してから客足が途切れるまで目の回るような忙しさだ。小梅一人で捌（さば）きれない時はケネスも給仕を手伝ってくれる。

こうした日々は、祖母を亡くした悲しみを癒（いや）してくれた。しばらくは仏壇（ぶつだん）の前で寝起きしていた小梅だが、今ではちゃんと自室で寝ている。

「おばーちゃん、今日も頑張るからね」

小梅が朝一番に仏壇（ぶつだん）の前で手を合わせると、『頑張りなよ』という祖母の声が聞こえてくる気がした。

「そういえば、今日は祭日か」

ある日の朝食時、ケネスがふと零（こぼ）した。

「祭日、ですか？」

「ああ、神がこの国に加護を与えた日とされている」

詳しくはわからないが、神様にまつわるありがたい日であるようだ。

「祝祭日なら、今日は特別なおだんごを作りますよ！」

勢い込む小梅に、ケネスが目を瞬(またた)かせる。

「特別なダンゴとは、どういったものなんだ？」

「自家製のだんご粉を使ったおだんごです」

畑で採れた米ともち米を使った自家製粉のだんごは、特別美味(おい)しいと客に評判だった。けれど、だんご粉の量が限られているので、祝祭日にだけ売り出していたのだ。

「粉が自家製なのが特別なのか？」

自信満々の小梅に対して、ケネスはいまいちピンときていないようで、首を捻(ひね)っている。売られている粉との違いがわからないのだろう。

――まあ、食べてみないとわからないかもね。

ちなみにトッフェの街で仕入れた米はうるち米系だったため、無事に上新粉(じょうしんこ)を作ることができた。

この上新粉(じょうしんこ)だけでもだんごはできるのだが、やはりもっちりとした食感を出すためにはもち米から作った白玉粉(しらたまこ)を混ぜたい。そういう意味でも、自家製のだんご粉を使っただんごは、いつものとは一味違う。

それに、理由がもう一つある。

「粉というか、正確には原料の米の栽培に使っている水が、ですね」

小梅はそう言いながら、ケネスに裏の畑のことをあまり説明していなかったことに気付く。

「家の裏に畑と水田があるじゃないですか。水田にはまだなにも植えていませんが、もう少しすると水を張って苗を植えるんです。その水は、丘の上の湧き水から引いているんですよ」

「……湧き水だと？　そんなものがあるのか？」

不思議なことを言われた。ケネスは毎日この森を調査しに出かけているのだから、丘の上にも登ったことがあるはずなのに。

「え、知らないんですか？　あそこから水路を引いていますし、この家の水道だってそこの湧き水ですよ？」

今はまだ水路に水を流していないが、それを辿れば湧き水を発見するはず。気付かないのはおかしいだろう。

「水路……」

ケネスが難しい顔をして考え込むのを、小梅も首を傾げて眺めていた。

そんな会話をした後、小梅は早速自家製のだんご粉を使って仕込みをはじめる。

「うーん、良い香り！」

やはり自家製のだんご粉は仕入れた粉より香りがいい。製粉所の人が言うには、水がいいからだろうということだった。

クッキーの生地を寝かせている間にだんごを焼き、窓を開けて香りを外に流す。この香りが開店の印のようなものだ。

小梅は出来上がっただんごを大皿に盛り、開店のために店の雨戸を開ける。

「……うん？」

すると、店の前に大きな黒い熊がいた。

「あれ、どこから来た熊さん？」

初めてのことに、小梅は目を丸くする。

大きいので一見すると獰猛に思えるが、この熊は大人しくお座りしていた。焼き機のある方の窓をじっと見ているところから察するに、だんごの香りに釣られたのだろうか。

「……もしかして、おだんごを食べたいの？」

小梅の問いかけに応えるかのように、熊が片手を振る。

その愛らしい様子を見て、小梅は放っておくのが可哀想になってきた。熊は雑食のはずなので、だんごも食べられるのだろうか。

――試しに、皿に入れて置いてみる？

熊にだんごを出すか否か悩んでいたその時。

「コウメ、下がれ！」

店内の掃除をしていたケネスが怖い顔をして飛び出してきた。その手には武器の代わりなのか、箒が握られている。

「ケネスさん、この熊さん大人しいんですよ」

笑顔で話す小梅を、ケネスは腕を引いて強引に下がらせた。

「こいつは魔獣だぞ！」

魔獣という存在を、小梅はケネスから聞いていた。

大地の穢れを身に纏う獣をそう呼ぶのだそうで、身体の色が黒いのが魔獣の証拠らしい。

魔獣を殺したり、逆に傷を負わされたりした場合、酷い穢れを受けるため、見つけたら近付いてはいけないのだという。

「俺はコイツに怪我を負わされたんだ。何故結界を抜けてここに入れたんだ!?」

ケネスは剣呑な雰囲気で熊を睨みつける。

小梅は脇腹の抉られた傷口を思い出し、顔を青くする。

しかし警戒するケネスとは対照的に、熊は小首を傾げてこちらを見ている。

その様子は、とてもケネスにあんな怪我を負わせた熊とは思えない。しかしケネスが嘘をつくはずがない。

だとしたら、熊が大人しくしている今のうちに立ち去ってもらうのが最善だろう。けれど、興奮させずに追い返すにはどうしたらいいのか。

——おだんごを欲しがっているんだから、あげればいいのかな？　望みが叶ったら、森に帰るかもしれないもんね。

「ようし、祭日最初のお客さんは、キミだ！」

「ガァウ♪」

小梅の言葉に反応するかのごとく、熊がご機嫌の様子で吠えた。

「正気か、コウメ!?」

この決断にケネスが目を剝くが、小梅は構わずに店内に戻った。

焼きたてのだんごを串から外して皿にのせ、みたらし餡をかける。

そうして皿を持って表に出ると、ケネスが呑気に毛づくろいをしている熊を睨みつけていた。

「お待たせー」

「ガウゥ♪」

小梅が声をかけると、熊はシャキッと座り直す。よほどだんごを食べたいらしい。

ただ、小梅もさすがに目の前まで持っていくのは怖く、立ち止まってしまう。

「そうだ。ケネスさん、その箒を貸してください」

「それは構わないが……本当に食べさせるのか？」

「はい。だって、おだんごを食べたら満足して帰るかもしれないですよ」

未だに心配顔のケネスから箒を受け取った小梅は、箒の柄で皿を熊の前に押し出す。

「ほら、食べていいよ？」

「ガウ♪」

小梅が声をかけると、熊は目の前に来ただんごを嬉しそうに食べた。

次の瞬間――

ザアァッ！

「えっ!?」

「なんだと!?」

熊の黒かった毛が、瞬く間に純白に変わっていく。

「え、なに、抜け毛!?　脱色!?」

信じられない現象に、小梅はオロオロとしてしまう。

「ガウ！」

だんごを完食した元黒熊は、呆然としている小梅にのそのそと近寄り、頬擦りをするように頭を押し付けてきた。短い毛が存外気持ち良い。

「ガルーン！」

そして元気に一吠えしてから、のっしのっしと丘を上がっていった。

――元気そうならいいのかな？

よくわからないながらも熊の後ろ姿を見送る。すると……

「聖獣……」

ケネスがポツリと漏らした。

「はい？」

「白い毛並みは、聖なる獣の証だ」

「え、さっきは魔獣だって言ってませんでした？」

ケネスの言っている意味がわからない小梅は首を傾げる。

「……」

しかしケネスはなにも答えず、熊の去った方向をジッと見つめるだけだ。

しばらくぼうっとしていた二人だったが、客がやってくる姿が見えて慌てて店内に戻る。

小梅は気を取り直し、笑顔で客に声をかけた。

「いらっしゃいませ！　今日は祝日ですから、特製だんごです！」

「へえ、なんだい、その特製ダンゴっていうのは」

「自家製の粉で作ったおだんごで、特別美味しいんですよ！」

「へえ、そんな特別なもんを食べられる日に来たなんて、今日はツイてるぞ」

説明を聞いた客はだんごセットを頼み、早速座敷でパクリと一口食べる。

「美味しいねぇ！　味がどうのというのはうまく言えねぇが、なんかこう、身体の中のモヤモヤしたものがパアっと洗われる気がするよ！」

「お客さん、褒めるにしたって大げさですって」

客の大仰な言葉に、小梅は苦笑する。

「モヤモヤが、洗われる……」

その客の言葉を聞いたケネスが思案していることに、小梅は気付かなかった。

こうして祝日限定の特製だんごを売り出したところ、やってくる客たちは喜んだ。いつも以上にだんごを食べたり持ち帰ったりし、小梅はてんてこ舞いな忙しさだった。

そして、忙しさの一因は他にもある。

「あのー、外に魔獣らしき獣がいるんだが……」

新たにやってきた客が、恐る恐るといった様子で小梅に言ってきた。

「またなのね……」

小梅はため息交じりに呟いて、串から外しただんごを皿に盛って外に出る。

「おーい、今度は誰なの？」

「キュッキュウ♪」

小梅が声を上げると、目の前に小さな黒い毛玉が滑り込んできた。

「……栗鼠？」

知っている姿と違って真っ黒い毛並みだが、大きな巻き尻尾は明かに栗鼠だ。

そう、あの熊だけでなく、続々と魔獣たちがやってくるのだ。熊と栗鼠以外にも、犬、猫、狼、虎、猿、鳥、兎など、色々な魔獣たちが現れる。そして皆だんごを催促し、食べ終えると、熊同様に毛を白く変えて帰っていく。

「キュッキュウ♪」

目の前でだんごを口いっぱいに頬張っている栗鼠も、一瞬で純白の毛に変わる。

──これは一体なんなの？

この奇妙な現象に、小梅は戸惑うばかりだ。あまりに次から次へとやってくるので、ケネスも慣れたのかあまり注意をしなくなる始末である。

そんな慌ただしくも謎多き祝日の翌日。

「なにこれ……」

小梅が店の雨戸を開けると、店の前に果物や木の実がこんもりと置かれていた。その横で、昨日の栗鼠が得意気に跳ねている。

「キュッキュウ♪」

フリフリと尻尾を振りながら店の前を駆け回る。

「可愛いなぁ」

小梅はしばらく栗鼠を眺めた後、果物と木の実の山に視線を移した。

──もしかして、昨日のだんご代のつもり？

そう考えた小梅は、全てをザルにとって屋内に運ぶ。

厨房の作業台の上に中身を広げてみると、色々な種類の果物や木の実があり、味以前に食べられるのかがわからない。獣的に大丈夫でも人間的にはダメかもしれないのだ。

「ケネスさーん、これ、食べられるんですかね？」

小梅はちょうど店内の掃除を終えたケネスに話しかける。

「どうしたんだ、それは？」

「店の前に置いてありました。どうも昨日の白くなった子たちがくれたみたいなんです」

小梅が視線をやった先に、草むらを転がって遊ぶ栗鼠(りす)がいる。

「聖獣の礼か、それは大切な品だな」

頷いたケネスにこれは甘い、これは酸っぱい、これは炒(い)って食べると美味(おい)しい、と教えてもらい、もらったものを振り分けていく。どうやら全て食べられるようだ。

「酸っぱいのは、砂糖漬けにでもしてみようかな」

ホクホク顔の小梅に、ケネスが問いかける。

「昨日の特製ダンゴは、湧き水で育てた材料から作ったと言っていたな」

「そうです、自家栽培のだんご粉です」

「その湧き水は、俺が見ることは可能か？」

「ええ……別に普通の湧き水ですから」

むしろ今まで見に行っていなかったことが驚きだ。

「なんなら、今から行ってみます？」

すぐそこなので大して時間はかからないと、小梅は早速ケネスを湧き水に連れていくことにした。

その途中、家の裏の水田も案内する。

「このあたりが水田です。今は水路に水を流していませんが、田植えの季節になると水を流すんですよ」

小梅の説明に、ケネスが眉をひそめる。

「水路と言うが、この溝は途中で途切れているじゃないか」

「え？　水路は丘の上まで続いていますけど？」

ケネスはずいぶんおかしなことを言う。

「……まあいい、行ってみるか」

「……？」

小梅は首を捻りながら丘を登る。人が通らないので道らしきものはなく、茂みをかき分けつつ水路に沿って進んだ。

丘の上に到着すると、昨日だんごを食べに来た獣たちが湧き水の周囲にいた。

「キミたち、ここにいたのかぁ」

どれも白くモコモコしていて、戯れる様子はとても癒される光景だ。

「ここが湧き水です」

後ろをついてきていたケネスを振り返ると、呆然とした顔をしていた。

「……ケネスさん？」

なにをそんなに衝撃を受けているのだろうかと、首を傾げる小梅にケネスが言った。

「コウメ、俺は『なごみ軒』が現れてから、一人で丘に登ったことがある。その時は湧き水などはなく、ただ小高い丘であるというだけだった」

「はい？　そんなわけないじゃないですか」

驚きの発言に、小梅は目を丸くして反論する。

湧き水を見落とすなんて、あるはずがない。この丘は小さく、迷うほどの広さがないのだから。

「本当だ、俺はこの湧き水を見つけることができなかった」

しかし同じことを繰り返すケネスは、真剣な表情をしている。

とても冗談を言っているようには思えない。

「コウメは不思議に思うだろう。だが、そんな不思議な現象が起こる場所が、一つだけある。聖地と呼ばれる、聖水の湧き出る泉だ」

「え、聖地って泉のことだったんですか!?」

小梅はてっきり、聖地というのは外国の神殿みたいなものだとばかり思っていた。それこそ丘の下に広がる瓦礫の建物が、丘に広がっていたのだろうと。

——でも、元の丘の上にも湧き水があったなんて。

元の丘は、まるで自宅裏の丘みたいである。こんな偶然があるものなのか。

「そうだ。聖なる泉のある場所を聖地と呼び、それを守るために丘の麓に神殿が建てられたんだ」

そうしてケネスが語り出したのは、この国の歴史だった。

五十年前、この丘には聖地とされる神の加護の宿る泉があり、丘の下にある瓦礫の山はそれを管理する神殿だったという。

聖地のある国は神に近しい国と見なされるため、レイランド国は周辺国から一目置かれていたそうだ。

「でも、ここの聖地って消えちゃったんですよね？」

そう、消えたと聞いたからこそ、小梅は聖地にあったのは建物だとばかり思っていたのだ。湧き水のような自然のものは、普通消えたりしないだろう。言うとすれば「涸れた」だろうが、それでも跡は残る。

「そうだ、跡形もなく消えたからこそ、当時の人々は神の御業だと恐れた」

聖なる泉が消えてしばらくすると、聖地に隣接していた森から聖獣までもが消え、代わりに魔獣が出るようになった。そして穢れを払う聖水が消えたため、徐々に穢れが大地を削り出し、砂漠化がはじまったという。

　トッフェの街周辺は、まだ聖水の加護が残っているため現在も無事だが、それも時間の問題だそうだ。

「そんな深刻な状況だったなんて……」

　トッフェの街の住人たちは皆明るくて、悲壮感は感じられなかった。

「これまでなにもなかった場所に、コウメと一緒に来て初めて湧き水を見つけた」

　真剣なケネスの様子に、小梅は待ったをかける。

「まさか、ここが聖水の泉だって言うんですか？　ここは普通の湧き水ですよ？」

　他よりも美味しい湧き水かもしれないが、聖水だとは思えない。

　しかしケネスは首を横に振る。

「初めてコウメに会った時、俺は魔獣によって負わされた傷から瘴気に蝕まれていた。けれど、コウメが汲んだ水で洗ったら、その瘴気が消えたのだ。これはまさしく、聖水の力」

「えぇー……」

　ケネスの話に、小梅は困惑の声を漏らす。あの時にそんなことが起きていたなんて知らなかった。

「他にもコウメの作るダンゴや料理、果てはトイレの洗浄水からも聖水の力を感じた。なんてもったいない使い方をするのだと思ったものだが、聖水の泉から水を引いているのならば納得だ」

そう言って、ケネスは一人頷く。

「それに魔獣を一瞬で聖獣に変えた力。あれも聖水によるものだろう。伝承によると、聖獣と魔獣は表裏一体とされているんだ。あの魔獣たちが瘴気によって変質してしまった聖獣たちだとすれば、森の聖獣が聖なる泉の消失と同時期にいなくなり、代わりに魔獣が現れたことにも説明がつく」

「はぁ……」

正直小梅はついていけていない。

ただ話を聞いていることしかできない小梅に、ケネスが問いかけた。

「聞きたいのだが、この泉のある丘には他に誰が入っていたのだ？」

「誰って言っても、この水路はおばーちゃんとおじーちゃんが作ったものですし……」

小梅が幼い頃なんかは、湧き水をプール代わりにして遊んでいた。それくらい、身近なものだったのだ。

けれど考えてみれば、小梅はここに友達を誘ったことはない。何故なら、祖母が禁止していたからだ。

「……ここに来ていたのは、家族だけかも。おばーちゃんから、他人を入れるような場所ではないみたいなことを言われて、ここで友達と遊ぶことはしなかったかな」

それに、ここに来る時はいつも祖母と一緒だった。

「先日亡くなった祖母殿というのは、あの写真の老婦人か？」

「そうですけど」

ケネスの問いに小梅が頷く。

「聖地は入れる者を選ぶ。コウメの祖母殿がその選ばれし者だったとしたら、納得がいく」

「え、おばーちゃんが？　ってことはなに？　おばーちゃんって元々はこの世界の人ってことですか!?」

聖水だ聖地だと言われてもピンとこなかった小梅は、このことだけは理解できた。

「その可能性は高いと思う」

ケネスにあっさりと肯定され、小梅は呆然とする。

「そんな馬鹿な!?　あり得ない……いや、あり得るのかも？」

小梅が今ここにいるのだから、その逆の現象が起きていたとしても不思議ではないのかもしれない。

「祖母殿は、なんという名なのだ？」

混乱する小梅に、ケネスが問いかける。

——そういえば、教えたことなかったっけ？

優しくて美人でちょっぴりお茶目な、自慢の祖母の名を小梅は告げた。

「おばーちゃんの名前は稲盛セルマです。外国から日本にやってきて、おじーちゃんと恋愛結婚した人です」

「……セルマ、だと？」

祖母の名前を聞いたケネスが、何故か驚く。

「どうかしましたか？」

「いや……、その名前を聞いたことがあるから、偶然だなと思ってな」

ケネスは戸惑いつつもそんなことを言う。

さらに、意を決したような表情で言葉を続けた。

「ちなみに、祖母殿が常に身に着けていたような品はなかっただろうか？　なにか手掛かりになるかもしれない」

祖母がいつも身に着けていたものなら、一つだけある。

「このペンダントが、そうですけど」

小梅は身に着けていたペンダントを襟元から引っ張り出した。

深い緑色の石の中に、星の輝きのような光がある不思議なペンダントは、祖母が亡くなってからずっと小梅が身に着けていた。

そういえばケネスと初めて会った時、隠れていたのにこれがいきなり光ったから見つかってしまったのだ。

そんなことを思い返していると、ペンダントを見たケネスが驚いたように目を見開いて固まった。

――え、なにその反応？

もしかして、この世界ではすごく高い宝石だったりするのだろうか。ケネスの反応に小梅は気後れする。

「おばーちゃんはこれを、神様にもらったって言っていました。お茶目な人でしょう？」

「神様に、そうか……」

空気を変えようと冗談めかして言うものの、ケネスは思いの外深刻そうな顔をする。

そんなに高い宝石ならば、身に着けない方がいいのだろうか？　いや、家に置いておいて泥棒に入られる方がもっと怖い。

そもそも、そんなものを持っていた祖母は、もしかしてこの世界ではお金持ちのお嬢さんだったのだろうか？

「あの、普段使いにしてたら、マズイ代物なんですかね？」

恐る恐る尋ねる小梅に、ケネスはハッと我に返る。

「いや、そんなことはない。確かに珍しい石だが、思い出の品ならそうして身に着けておく方が、祖母殿も喜ぶだろう」

「そうですか？」

珍しいが、大事に仕舞い込むほどのものではないということか。

ホッとした小梅は、ケネスが何故ペンダントを見て深刻そうな顔をしたのか、考えるのを忘れてしまうのだった。

衝撃の真実が明らかになった後も、日常はやってくる。

今日も開店した店に森の魔獣が現れた。

一番乗りでやってきたのは、兎だ。

「はい、おだんご」

小梅は獣たちにも好みがあるかと思い、みたらしと餡子ときな粉の三種類のだんごを作ってみた。兎は皿のだんごの匂いをフンフンと嗅ぎ、三つとも食べたのだが……

ザアァッ！

何故か、灰色の毛に変わった。

「え、なんで？」

てっきり白くなると思っていたのに、どうして灰色なのか。

「プゥー……」

灰色の毛になった兎も、心なしかしょんぼりとしている。

「なんかごめんね!?　中途半端だよね!?」

小梅はアワアワと兎に向かって謝った。

その様子を後ろで見守っていたケネスが、思案する顔で告げる。

「聖水の力が足りないのか？」

「聖水って、湧き水のことですよね……、あ！　自家製の粉じゃないから!?」

今日のだんごは仕入れただんご粉で作ったものだ。

自家製の米は夏に植えて秋に刈り取るまで、ずっと湧き水に浸かっている。それだけ長期間水を吸ったものを使っているのだから、普通のだんごと比べると湧き水の量は段違いだろう。

「プィプィ……」

兎はいじけるように前足で地面を掻き出し、時折丘の上を見上げる。その姿はすごく切なそうだ。

「もしかして、完全に聖獣に変わらないと、聖なる泉に入れないのか？」

「プィ！」

ケネスの言葉に兎が「そうだ！」と言いたげに鳴く。

確かにあの湧き水のあたりにいたのは、白くなった獣たちばかりだった。聖獣というくらいだから、聖なる泉と深い関係があるのだろうか。

「でも、自家製の粉は量が限られているし……」

毎日使えばすぐに切らしてしまう。けれどこの中途半端な状態はなんだか可哀想だ。

「うーん、どうしようか？」

「プーイー」

思案する小梅に、兎が懇願の視線を向ける。

一人と一羽がしばし見つめ合っていると、「聖水を毎日飲めば、徐々に白くなるんじゃないか？」とケネスが提案する。

確かに大事なのは湧き水なのだからだんごに拘る必要はない。

「なら、湧き水飲み場でも作ってみますか？」

というわけで、畑の蛇口の側に、水を張ったたらいを置くことにした。

「ほら、どうぞ」

「プィー♪」

小梅が促すと、灰色の兎は水を飲んだり飛び込んだりと、湧き水を大満喫する。

こうして湧き水飲み場を作ったことで、魔獣がだんごをもらいに来る現象は止まり、その代わりに裏の畑には魔獣がウロウロするようになった。

その後、「なごみ軒」の周囲で灰色の獣がよく見られるようになり、「あれはなんだ？」と旅人たちの間で噂になったという。

ある日の夜。

小梅が祖母の遺影に挨拶をしようと仏間に行くと、仏壇の前にケネスが座っていた。

「あれ、ケネスさん、どうして仏間に？」

ケネスはここが死者を供養するための部屋だと聞いて、これまで立ち入らないようにしていた。それなのにここにいるなんて珍しい。

「聖なる泉で話を聞いてから、コウメの祖母殿がどのような方だったのか、気になってしまってな」

「そうなんですか」

ケネスの言葉を聞いて、小梅は呟く。

「私はおやすみの挨拶をしに来たんですけど、ケネスさんも一緒にします？」

「ぜひ、お願いしよう」

小梅も仏壇の前の座布団に正座し、ろうそくに火を灯して線香を焚く。そしておりんを鳴らして、簡単にお経を唱えた。

「おばーちゃん、おかしなことになっちゃったよ。丘の上の湧き水って、聖水なんだって。おばーちゃん知ってた？」

写真の祖母に語りかける小梅に、ケネスが尋ねる。

「祖母殿は、どのような方だったのだ？」

生前の祖母の姿を思い浮かべた小梅は、ケネスを振り返って微笑む。

「すっごく元気なおばーちゃんでしたよ。まだまだ若い人には負けないっていつも言ってて」

祖母は輝く金髪と緑の瞳が美しく、ご近所のアイドルだった。息子夫婦と夫を立て続けに亡くす不幸はあったものの、たった一人残された小梅を精一杯愛し、幸せに暮らしてきた。

「亡くなる直前もすっごく元気で、だから車に轢かれそうになった子供を助けようと、まっしぐらに走っていっちゃったらしいんです」

「……なるほど、そうだったのか」

泣きたいような、誇らしいような気持ちの小梅の頭を、ケネスがそっと撫でてくる。

それが存外心地良く、「子供扱いをして！」と怒る気になれない。

「コウメは、祖母殿に似なかったのだな」

「そうなんです。おばーちゃんに似たら美人になれたのに」

小梅は祖母と違って黒髪黒目のまるっきり日本人顔である。

「おばーちゃんの息子であるお父さんも、おじーちゃんに似て日本人顔で。でもそれがむしろ幸いだったと言っていました。今の時代なら外国風の顔でもあまり問題にされないけど、昔は大変だったみたいだから」

「大変、とは？」

意味がわからない様子のケネスに、小梅は日本という国の事情を語って聞かせた。

小梅が暮らしていた国は海に囲まれた島国で、そこに住む者の容姿はだいたい黒髪黒目であること。最近は、それ以外の容姿も見られるようになったものの、祖母の若い頃はまだ珍しい時代だったこと。小梅は聞いたことがないが、きっと差別なんかの色々な苦労があったに違いない。

「そうなのか。この国では多種多様な民族が混じっているから、見た目も人それぞれだ。容姿の違いは気にするようなことではないな。だから祖母殿の写真と小梅があまり似ていなくても、気にはならなかった」

「なるほどー、国が違えばってやつですねぇ」

確かにトッフェの街でも、いろんな容姿の人がいた。中にはアジア人っぽい容姿の人も見かけたので、小梅の存在に違和感がなかったのだろう。

「でも、おばーちゃんがこの国の人かもしれないって聞いて、ビックリしてます」

「それはそうだろうな、俺も驚いたくらいだ」

小梅の正直な気持ちに、ケネスは同意してくる。

「私、今までおばーちゃんがどこの国の出身なのか、聞いたことがなかったんです」

昔、祖母に子供の頃になにをして遊んだかなどの他愛のない質問をしたことがある。しかし祖母は寂しそうに笑うだけで、答えなかった。

「なにか辛い過去でもあって、言いたくないのかと思って……それなのに、外国どころか違う世界の人だったなんて」

今まで、小梅は外国人である祖母の血が四分の一混じった日本人だと思っていた。それがまさか、異世界人の血を引いているとは。これまで信じていた自分というものがあやふやになるのは、とても恐ろしい。

――あれ、だから言葉がわかったり字が読めたりしたの？

今まで「不思議だな」で済ませていた現象の理由が、少しだけわかった気がする。家の電気やガスがそのまま使えることも、もしかして祖母の施した仕掛けなのだろうか。

祖母も魔法を使えたとしたらあり得る話だ。

――おじーちゃんは、おばーちゃんのことを知っていたのかな？

幼少の頃に死んでしまった祖父との思い出はさほどないけれど、仲睦まじい夫婦だった覚えがある。この家を建てたのも祖父のはずなので、なんらかの事情を知っていた可能性は高い。

そもそも、祖母はどうやって日本にやってきたのだろうか。小梅みたいに、気が付いたら知らない土地だったということか。

小梅はそこまで考えて思い至る。

「そうか、おばーちゃんは私と同じ経験をしたんですね」

「そういうことになるな。聞けばこの国とはだいぶ文化が違う国のようだから、きっと祖母殿も驚いたことだろう」

小梅は幸運なことに住む家があって、ケネスという頼りになる人に出会えた。しかし祖母は日本に来たばかりの頃、どんな風に生活をしていたのだろうか？

——おばーちゃんのことだから、私があたふたしているのを見て、どこかで笑っているかも。

『私の苦労がわかったかしら？』なんて呟いていそうだ。家族を失うという悲しいことがあっても、いつでも前向きで明るい祖母だったから。

そうだ、祖母は悲壮感に浸る人ではなかった。

親なし子だということで嫌な思いをした小梅に、祖母はいつも言ったものだ。

『良いことと悪いことは半分こなの。だから小梅にもいつか、ビックリするような良いことが起こるわ』

——その時は『良いことっていつ来る？』ってしつこく聞いちゃったなぁ……。

小梅にとって、この世界にやってきたのは良いことか悪いことか、今はまだわからない。けれど良いことになるよう、頑張ることはできる。

聖水とか聖地とか言われて混乱したが、小梅がやることは一つしかない。美味しいだんごを作ることだ。

「ケネスさんにおばーちゃんの話を聞いてもらって、心の中でモヤモヤしていたものがスッキリしました」

「……そうか」

振り向いてそう言う小梅に、ケネスは表情を緩ませた。

「さあ、今日も疲れただろう。もう寝るといい」

「はい、そうします」

小梅は仏壇のろうそくの火を消して立ち上がる。

「おやすみなさい、ケネスさん」

「ああ、おやすみ」

そう言葉を交わし、仏間を出ていった。

小梅は自分の部屋に戻りながら、ふと振り返る。

「もしお父さんが生きていたら、あんな感じに接してくれたのかなぁ」

そんな呟きは、幸いというべきか、ケネスには届かなかった。

もしこのセリフを祖母が聞いていたら、『小梅はまだまだお子様ねぇ』と呆れたかもしれないが、それは小梅にはあずかり知らぬことである。

## 第五章　奇妙な来客

最近、小梅の朝の仕事が一つ増えた。

「ほうらキミたち、お水だよー」

「グォン！」

「キュッキュウ！」

「ミャーオ！」

「プィ！」

小梅が畑を見に来たついでにたらいに湧き水を張ると、それを待っていた獣たちが一斉に駆け寄ってくる。そして湧き水をもらう礼なのか、それぞれに果物や木の実を小梅の足元に置いていった。律儀な獣たちである。

「兎くんはだいぶ白くなったねぇ」

「プィプィ♪」

だんごで毛を灰色にしてしまった兎は、毎日聖水を飲みに来た結果、ちょっと薄汚れた白くらいの色合いになっている。純白まであと一息だ。

魔獣たちが白くなるのには個体差があり、身体が大きな獣ほど変化が遅い。黒と灰色の斑模様になってしまった獣もいて、ちょっと可哀想である。

「ケネスさんの言っていた通り、聖水の量が問題なのかな」

自家製のだんご粉は聖水の力がぎゅっと凝縮されているようなものだから、一瞬で純白に変わったのかもしれない。

森を調査しているケネス曰く、魔獣はまだまだ沢山生息しているらしいので、しばらく聖水詣では続くだろう。

ケネスの推測によると、昔は森を流れる川にも聖水が流れ込んでいたのではないかということだった。その水を飲んでいた獣が聖獣となったのだが、泉が消えてからは瘴気に侵されて魔獣化したのだろうと言っていた。

「今はたらいだけど、田植えの季節になったら水路に水を流すからね。そうしたらいつでも飲み放題だよ」

小梅はそう話しかけながら、水遊びをはじめた獣たちを眺めて癒されるのだった。

最近では、本街道の復旧を諦めてこちらに回ってくる旅人がさらに増えている。縁起が悪いといわれている道を通っても、なにも起こらないことが確認できたからだろう。

それどころか「なごみ軒」の噂も広まり、だんご目当ての客もより一層増えた。

人が通れば自然と道も整うもので、今ではそれなりにちゃんとした道になっていた。

そうして道が通りやすくなればさらに通行人が増える。

これが好循環となり、「なごみ軒」はおかげで大繁盛だ。

——おだんごよりも美味しいものって、あると思うんだけど。

これまでの甘味がアレだったので無理もないと小梅もわかっているが、それでも思わずにはいられない。

ここまで賑わいを見せれば、これに追従して他の店が出てきてもおかしくないのだが、今のところその様子はない。

——他にも店があれば、お客さんも休憩する場所を選べるのになぁ。

それに正直なところ、忙しすぎて手が回らなくなってきている。小梅は近所にライバル店ができようとも、今の客を分散させたいのが本音だ。

「こんなに人が通るようになったのに、なんで他の店ができないんですかね？　やっぱり縁起が悪い場所だから？」

ある時、小梅は客足が途切れた後にケネスに聞いてみた。

「いや、ここに宿を建てようとしている者がいるようだが、ガスコインの領主が横槍を入れているらしい」

ケネスが客から聞いた話によると、出店を考える業者の手続きをガスコイン領主が邪魔しているのだそうだ。

「やっぱり、営業手続きとかがあるんですよね」

小梅はそんなものを一切していないのだが、大丈夫だろうか。不安な顔をすると、ケネスがポンと頭を叩いた。

「前にも言った通り、ここは空白地だ。だから営業をするのにガスコイン領主の許可なんていらない。それでも建築資材の確保なんかは、ガスコイン領地であるトッフェの街でしなければならないだろう？　それを邪魔されているのさ」

ガスコイン領主曰く、建てるならば領地内に建てろということらしい。しかし建てる側としては、噂のだんご屋の隣に建てるから意味があるのだ。

「でも宿ができたら、ここを通る人たちもだいぶ楽になりますよね」

ここに宿があれば、皆トッフェの街の閉門を気にしなくても良くなる。この丘に夕刻くらいに到着して、一晩のんびり過ごしてから街へ行けるだろう。

小梅の意見に、ケネスも頷く。

「その通り。旅人のことを考えれば、必要な施設なんだがな」

「なのに、どうして邪魔をするんですか？」

尋ねられたケネスは、肩を竦めてみせた。

「そもそもここが空白地なのは、聖地が消えた場所なんかを領地として持っていたくないと言って、ガスコイン領主が手放したからだ。それが今になって、あれは無効だと喚いているらしい」

丘に繁盛する店があると聞きつけたガスコイン領主は、自分の領地だったら高額な手数料を取れるのに、と悔しがっているのだとか。要は他人の売り上げをピンはねしようという腹づもりなのだ。

「うーわー、迷惑ですねぇ」

小梅はそう零すと、顰めっ面をする。

都合が悪くなったらとっとと手放したくせに、客が来るようになってから「やっぱりウチの土地だった」と言い出すのはズルい。

「そんな人が領主だなんて、領民たちが可哀想です」

小梅の意見に、ケネスも渋い顔で頷いた。

「五十年前まで、ここは聖地詣での人々が集まり、国内で最も栄えた土地だった。当時のガスコイン一族は、国王よりも贅沢な暮らしをしていたらしい。それが一転して聖地を失い、人が集まらなくなった貧乏領地へ落ちたんだ。過去の栄光が忘れられないんだろうさ」

「贅沢に慣れたら、貧乏暮らしは難しいんでしょうねぇ」

ケネスの話は、小梅もなんとなくわかる。人の性質というものは、異世界であっても変わらないものらしい。

「その領主、ウチに直接変なことを言ってこないですかね？」

心配する小梅に、ケネスは安心させるように微笑んだ。

「空白地とはいえ、管理しているのは王家だ。ガスコイン領主はまず管理権を取り戻してからじゃないと、口を挟む権利はない」

「じゃあ、国王様がその領主の言うことを受け入れてしまったら……」

「そんなことはあり得ないがな」

妙に自信あり気なケネスに、小梅は首を傾げるのだった。

そんな会話をした翌日、昼前のこと。

「こんにちは」

何度か店を訪れてくれている見知った客が入ってきた。いつもニコニコとしているおじさんで、お土産のだんごを沢山持ち帰る人である。

「いらっしゃい」

「やあ、また来たよ」

挨拶を交わすおじさんの後ろに、初めて見る男が続く。彼は入ってくるなり顔を顰めた。

「……シケた外観の店だな」

しかも、そうボソッと呟く。

――ちょっと、聞こえてますよ。

どうせなら、風情があるとか趣があるという言い方をしてほしいものだ。

小梅と挨拶をしていたおじさんも、ギョッとしたように後ろを振り向く。しかし男はそんな反応を無視して、ズカズカと店内に入ってきた。

「なんだこれ、客を地べたに座らせるのか」

そして座敷について文句を言いながら上がる。

連れてきたおじさんはこの様子を見て、困ったような顔をしていた。

「えっと……、彼、お連れさんですか？」

だんごを気に入ってくれているおじさんが、あの男を連れてきたのが不思議でならない。

思わず小声で尋ねる小梅に、おじさんもヒソヒソ声で答えた。

「いや、同乗を頼まれて、ここまで連れていくだけという約束で来たんだ。なんでも、ここで人と会う約束があるとかで」

「はあ、約束ですか……」

おじさんは困った様子のまま、あの男と離れた席に座った。同席は嫌なのだろう。

そしてだんごセットの注文を受けた後、小梅はあの男からも注文を取ろうと向かったのだが……

「僕は不味（まず）いと思ったら、金を払わないからな」

注文より先にそんな宣言をした。

――ははぁ、そういうことね。

小梅はこういう客を知っている。人気店だと噂になると、粗探（あらさが）しをしてやろうと意気込む客がどうしても出るものなのだ。

こういった手合いは相手にしない方がいいので、小梅は金を払わない云々（うんぬん）には触れずに、普通にだんごセットの注文を取った。

そんな男を余所（よそ）に、他の客たちはだんごはもちろん、クッキーも食べて賑わっている。

「焼き菓子ってのは美味（おい）しいなぁ」

「私もあの甘いのは好きではないですが、これはいいですね」

そんな風に盛り上がる席を、男はジロリと睨んだ。

「はっ、トッフェの街の菓子を真似ただけだろう。むしろ見た目が悪くなって改悪されているっていうのに、貧乏人はわかっていないな」

結構な大きさの声で悪態をついたので、店内にいる者全員が男を見る。

この男一人のせいで、賑やかな店内が、シンと静まり返った。

そんな悪い空気を払拭しようと、小梅は笑顔でだんごを届ける。

「お待たせしました、だんごセットです」

「こんな貧相なもののために、わざわざ通うなんて変人だな」

男はだんごを見て嘲笑う。どうやら店の全てを貶すつもりのようだ。

――だったら、ここまで来たアンタはなんなのよ？

小梅は文句を言い返したくなる気持ちをぐっと堪える。

やがて、店内にいた他の客たちは居心地が悪くなったのか、だんごをさっさと食べて席を立った。いつもはここでのんびり休憩してからトッフェの街へ向かうのに、休憩どころではなくなってしまい申し訳ない。

「なんか、すみません」

「いやいや、店主さんも災難だね」

早めの出立となった客たちと苦笑を交わす。

あの男を連れてきたおじさんもおかわりをせず、お土産(みやげ)のだんごを多めに買って店を後にした。

「申し訳ないね、乗せた時はあんな男だと知らなくて……」

「仕方ないですよ、また来てくださいね」

そうしておじさんを見送ると、店内に残るのはあの男だけとなる。時刻は昼をとうに過ぎ、新たな客足も途絶えた。

――いつもならケネスさんは出かけて、私も他のことをするんだけど……

けれど今はあの男がいるので、ケネスも店内待機を続けている。

なんだかんだで彼はだんごをとっくに食べ終えているのに、いつまで経っても約束の人とやらは来ないし、出ていく気配もない。

「どうする、追い出すか？」

「一応お客さんですから、そんなわけにはいきませんよ」

ケネスの提案に、小梅は首を横に振る。今のところ、実害はなにも出ていないのだ。

とはいえ、こうして放っておいたら、トッフェの街の閉門に間に合わない時間となってしまう。

同じ状況でゲッテンズを泊めたが、こんな失礼な男を泊める気はない。

——どうしようかなぁ。

小梅が困り果てていると——

「おい、酒を持ってこい」

男が突然そんなことを言った。

小梅は一瞬、なにを言われたのかわからなかった。だんご屋で酒を注文する客なんて、当然今までいたことがない。

「……ここは飲み屋じゃなくてだんご屋ですから、お酒は置いていません」

当たり前のことを告げた小梅に、男は「チッ」と舌打ちをする。

「僕は客だぞ？　客が欲しいと言うのだから出せ。しけたものしか食わせなかったくせに、酒も置いていないのか」

「そう言われても、ないものは出せませんから」

きっぱりと言い切る小梅に嫌な顔をしたかと思えば、男はすぐにニタリと笑う。

「じゃあ、酒がない詫びにお前が俺をもてなせ」

「はぁ？」

思わず素の反応をしてしまった小梅を尻目に、男は上機嫌に言葉を続ける。

「子供みたいな身体をしているが、立派に大人だそうじゃないか。だったらしっかりともてなしができるよなぁ？」

「……きさま」

頭が真っ白になった小梅の前にケネスが進み出て、男を睨みつける。

「好みじゃないが特別に僕の愛人にしてやる。そうなるとこの店の主は僕だ。そうさ、まどろっこしいことをせずにこうやればいいんだ。コイツは所詮女なんだから、身体を堕としてしまえばこっちのもの。そっちの野郎には金をくれてやるから、すぐに出ていけ」

――愛人って……！

好き勝手なことを言われ、小梅はカッと頭に血が上る。

「ほら金だ、さっさと行け。邪魔をするな」

ケネスに向けて放り投げられた袋は、金が入っているのかジャラリと音を立てて床に落ちた。しかし、ケネスはそれに目もくれず、片手を軽く振る。すると――

パッ！

たちまち男の姿が店内から消えた。

「あれ？」

男はどこに、と考える間もなく、外でドサッとなにかが落ちる音がする。そちらを見ると、何故か男が外にいた。

「うるさいから、さっさと外へ追い出した」

どうやらケネスの仕業のようで、煩わしそうに男を見ている。

「あんな男を入れるとは、結界の設定が甘かったみたいだ。すまないコウメ」

ケネスが張ってくれた結界は、悪意ある者を中に入れないようにしてくれている。具体的には、攻撃の意思を持つ者を弾くのだそうだ。

しかしあの男は店には入ってこられたので、うざったいだけで攻撃の意思があるわけではないのだろう。

「きさまら、一体僕になにをした！」

騒ぐ男が再び店に入ってこようとするが、今度は結界に弾かれる。ケネスはもう結界の設定とやらを変更したようだ。

「僕にこんなことをしていいと思っているのか！　お父様が黙っていないぞ！」

それでも喚く男に小梅はうんざりする。

その時、丘の麓から馬車が一台やってきているのが見えた。

ガラガラガラ。

商人が乗ってくるようなものとは段違いに立派な馬車で、二頭の馬が並走している。今までの客とは違う雰囲気である。

「あれ、お客さんかな?」

「どうだろうな」

小梅とケネスが馬車を眺めていると、男も気付いたようでピタリと黙った。

馬車は店の前で止まり、扉が開く。中から出てきたのは、執事みたいな格好の男だ。

「どうぞ」

「ああ、ありがとう」

その執事のような男に続いて出てきたのは、妙にキラキラした格好の青年だった。上等そうな生地で仕立てられた服の裾(すそ)には凝(こ)った文様が刺繍(ししゅう)され、全体の色味は地味ながらも「高いんだろうな」と思わせるデザインをしている。

「まだ店はやっているかな?」

「はい、いらっしゃいませ!」

青年が物腰柔らかく聞いてきたので、小梅は慌てて出迎えた。

「どうぞ、中へ」

「おい、勝手に話をするな。ここの主(あるじ)は今日から僕だぞ!」

青年たちを案内しようとしたら、結界の外からあの男がそんなことを言ってきた。

——はあ!?

妄想を語るのは余所でやってほしい。

小梅はあっけにとられ、ケネスが眉間に皺を寄せる。

小梅たちと男の間で険悪な空気が流れた。そんな様子など気にしていないかのように、青年が穏やかな表情で口を開いた。

「君が主というのは、どういう意味で言っているのかな？」

いかにも身分がありそうな青年が、自分の方に意見を求めたからだろう。男が得意気に語り出す。

「この娘はたった今から僕の愛人になった。愛人のものは僕のもの、だから店の主は僕だ！」

言っていることの意味が全くわからない。そもそも、いつ小梅がこの男の愛人になると言ったというのか。

——冗談じゃない、こっちにも選ぶ権利ってものがあるんだから！

小梅は男を一発殴ってやろうと、心に決める。その時——

「なるほど、わかった」

青年がそう言って頷いたので、男は満足そうに笑った。

「ふん、物わかりがいいな。だったら休憩するのに使用料を払え。それから……」

勝手なルールを話しはじめた男の言葉を遮り、青年は連れの者たちへ命令する。

「おい、どうやら押し込み強盗のようだ。遠くへ捨ててこい」

「はっ！」

馬に乗って並走していた人たちがいつの間にか男の横にいて、素早く拘束する。

「なにをする⁉　僕に乱暴を働くとは処刑ものだぞ⁉」

「静かにしろ」

男は暴れるものの、取り押さえられて担がれた。青年の部下らしき人たちの手際の良さからすると、彼らは護衛なのかもしれない。

「こんなことをしたらどうなるかわかっているのか⁉　お父様に言ってやるからな！」

遠くに連れていかれるにつれ、男の怒鳴り声が聞こえなくなっていく。

そして静かになった店内で、青年が小梅に声をかけた。

「全く、下品な男だったね」

「あの、助けて頂いてありがとうございました！」

小梅が頭を下げて礼を言うと、青年は首を横に振った。

「いやいや、礼には及ばないよ。私が動かなくても、最終的にはそっちの男がどうにかしていただろうさ。なあケネス」

微笑みかける青年に、ケネスがため息交じりに答えた。

「兄上、ずいぶん早い訪れですね？」

「えっ!?　ケネスさんのお兄さんですか!?」

ケネスの言葉を聞いた小梅が驚く。

表情があまり変わらないケネスと、ニコニコしている青年が小梅の中で繋がらない。

確かに髪や目の色は同じだが、その他は似ていなかった。

「今似ていないって思ったでしょう。けれど、正真正銘、同じ母から生まれた兄弟だよ。私はエイベル・シャノンという、よろしくね」

ケネスの兄だという青年――エイベルが、笑顔で小梅の内心に答える。似ていないと他の人からも散々言われているのかもしれない。

「どうも、この店の主の稲盛小梅です。えっと、じゃあここには、ケネスさんの様子を見に？」

小梅は自己紹介をしながら尋ねる。弟の滞在先が怪しい場所ではないか、心配したのだろうか。そんなことを考える小梅に、エイベルは言った。

「いや、弟がすごく美味しいものを見つけたって自慢する手紙を寄越してきてね。気になって仕事にならないから食べに来たんだよ」

エイベルの話によると、ケネスが送った手紙には、こう書かれていたという。

『自分は本当に美味しいものを今まで知らなかったのだと知ることができた。これは人生において幸いなことである』

――なにやってるんですか、ケネスさん！

ケネスがマメに手紙を出していたのは知っていた。けれど、まさか家族に美味しいものの自慢をしていたとは。

「それにしても兄上、行動が早いですね。ついこの間手紙が着いたばかりでしょうに」

ケネスの呆れたような表情に、エイベルは微笑んだ。

「新しいものは自分の目で確かめないと、気が済まない主義でね」

この人はどれだけだんごに興味津々なのだろうか。

兄弟の会話に苦笑しながら、小梅は客を店の入り口に留めていることにようやく気付く。

「あの、どうぞ店の中へ！」

すると執事らしき男がスッと片手を上げた。

「店主殿、馬車や馬はどこへ置けばよろしいでしょうか？」

「あ、建物の隣へどうぞ」

小梅が駐車スペースに案内すると、馬車と馬たちは駐車スペースに納まる。

御者はそのまま馬車の側に留まり、護衛の人たちはエイベルの後ろに従った。

——うーん、時代劇みたいだなぁ。

執事や護衛を従えていることや、馬車の立派さからすると、エイベルは身分のある人なのだろうか。

それにしても、作っておいただんごは全て売ってしまったため、だんごの大皿は空だった。仕込んだだんごの残りは冷蔵庫に保管してあるので、もう一度作ればいいのだが、少々待たせることになる。

「おだんごを作ってきますので、ちょっと待っててもらえますか？」

「もちろん、美味しいものを待つ時間は嫌いじゃないよ」

小梅が座敷に案内しながら尋ねると、エイベルは笑顔で了承した。

——でも、どのくらい作ろうかな……

エイベルの分だけではなく、執事や護衛、御者の分はどうするか。彼らの分を用意せず、待たせるだけなのは申し訳ない。

結局、小梅はこの場にいる人数分を作ることに決め、だんごを焼きはじめる。その間、ケネスらの会話が聞こえてきた。

「そうだ、兄上。ダンゴを待っている間に焼き菓子を食べませんか？」

「……焼き菓子かい？」

ケネスが提案すると、エイベルはこれまでの機嫌の良さから一転、不機嫌そうな声を出した。

彼はあの砂糖の塊を想像したのだろう。砂糖控えめの菓子は、まだトッフェの街でしか売られていないのだ。

「私がアレを苦手だと知っているだろう」

「まあそう言わずに、美味しいのを見つけたんです」

言外に拒否しようとするエイベルだが、ケネスは強引に自分のために取り置いていたクッキーを持ってきた。

そう、ケネスは今ではすっかりクッキーにも嵌っているのである。

「兄上、どうぞ」

「焼き菓子？　これが？」

そうして差し出されたクッキーを見たエイベルが疑わしそうな顔をするが、ケネスもそんな反応は店の客で見慣れている。

「一度食べてみてください」

「まあ、そこまで言うなら……」

気が進まないような口調ながらも、エイベルはケネスを信頼しているのか、クッキーを一つ口に含んだ。

するとーー

「……っ!? ジャリっとしないな！」

エイベルがクッキーの舌触りに驚く。

小梅はこれは菓子の感想としておかしいとつくづく思う。

「でしょう？　ですが、これはあの焼き菓子と同じ材料で作られています。最近トッフェの街の菓子店でも売り出した、全く新しい焼き菓子なんです」

自慢気に言うケネスに、エイベルが前のめりになる。

「なんと素晴らしい菓子職人だ！　同じ材料でここまで美味な焼き菓子を作れるなんて、奇跡の御業だな！　これが茶請けに出てくれれば、お茶会も怖くない！」

カッと目を見開き、興奮した様子でまくしたてる。

ーーこの感じ、ケネスさんとそっくり。

あまり似ていない兄弟の類似点を見つけてしまった。内心でクスリと笑う小梅を余所に、エイベルが続ける。

「これを私のところでも作れないか、ぜひ帰りに寄って聞いてみたいな！」

ノリノリな兄に、ケネスが告げる。

「この菓子が生まれたきっかけも、実はコウメなんです」

「なに⁉」

そしてケネスはゲッテンズとの話を語り出した。

――なんか、恥ずかしいんだけど。

日本では普通のクッキーのレシピを奇跡であるかのように言われると、他人の手柄で褒められている気持ちになる。しかしここでそれを言っても通じないので、小梅は菓子作りの先人たちに、心の中で詫びを入れるのだった。

そうこうしているうちに、三種類のだんごが出来上がる。

「お待たせしました、だんごセットです」

「へえー、これが噂のダンゴかぁ」

小梅が皿にだんごを盛って運ぶと、エイベルが目を輝かせた。

――あ、この顔もケネスさんに似てる。

小梅はまたも類似点を発見し、気持ちがホッコリとした。

「見た目は串焼きのようだけど」

エイベルは串を手に持ち、あらゆる方向から眺める。初めてだんごを見たこの国の人は、大抵同じことをするのだ。身分が高そうなエイベルも他の人と変わらないことが嬉しくて、小梅はクスッと笑う。

「ふむ」

しばらくそうしていたエイベルが、意を決したようにだんごを食べる。

すぐに語り出すかと思いきや、彼は無言でだんごを味わい、そのまま三つとも食べ終えた。

――あれ、口に合わなかったかな?

小梅が不安に思ったとたん、エイベルが口を開く。

「ああ、この絶妙な弾力、噛めば噛むほどに出てくる甘み、どちらもたまらない。そして三種類のトッピングの味の変わりようも完璧だ！　素晴らしい、実に素晴らしい！ああ、私は今震えが止まらないよ！」

エイベルは感激しながらも、滔々（とうとう）とだんごの味について語ってくれた。やはりこの二人は兄弟である。

「どうです兄上、手紙で知らせた内容は嘘ではなかったでしょう？」

「全くだ、さあ皆も食べなさい！　ついでにコウメ、おかわりだ！」

ご機嫌なエイベルが皆にも勧めると、彼らもだんごの食感と味に驚き、あっという間に平らげた。

「もともとこのあたりの地域は美食の地として有名だったが、まだまだ知らない美味しいものがあるんだなぁ。特にみたらしダンゴが気に入った」

エイベルが抹茶を飲みながら、満足げに零す。

「コウメが言うには、ショウユという調味料の味が決め手らしいですよ。俺もショウユを味見させてもらいましたが、味わったことのない風味と香りでした」

ケネスが我が事のようにみたらしだんごについて語ると、話は味噌にも波及する。

「ミソというものも絶品でして。塩辛い中に不思議なまろやかさを感じるのです。スープに溶かしたり料理の味付けに使ったりするそうですが、俺はあんな複雑な味のスープを初めて食べました」

そう熱く語るケネスは、味噌汁をいつもおかわりするくらいに気に入っている。

前に、秋口には祖母と仕込んだ味噌が食べ頃になると伝えたら、ケネスは『楽しみにしている』と珍しくワクワクした表情で言っていた。

――ってことは、ケネスさんは秋までここにいる気なのか。

今更ながらにそんな事実に気付いた小梅だったが、ケネスとの同居生活は嫌ではない。ケネスは物知りで、尋ねればなんでも答えてくれる。物静かな男だが、無口ではないので会話も楽しい。

それに、小梅がふと祖母のいない寂しさに襲われた時、自然と側にいて声をかけてくれる。そういう気遣いに幾度救われたことか。

だから、小梅としてはケネスが望むだけここに滞在してもらうつもりだ。ただ、今度はケネスが去る時に寂しくなりそうだが。

――ケネスさん、ここから旅立っても、たまには遊びに来てくれるかなぁ？

今から旅立ちを気にしてもしょうがないと思いつつ、祖母との死別の直後で別れに敏感になっているのかもしれない。

そんな風に、小梅が一人しんみりしていると……

「そうか、それは今から夕食が楽しみだ」

エイベルが笑顔で告げるのが聞こえた。

――え、夕食？

この言葉に、小梅は目を瞬（またた）かせる。

驚いたのはケネスも同様だったらしい。

「もしや兄上、ここに宿泊するつもりなんですか？」

尋ねられたエイベルは、笑顔のままで頷く。

「ああ、今から戻ってもトッフェの街の閉門に間に合わないしね。コウメ殿、お願いできないだろうか」

「えっとぉ……」

突然の申し出に、小梅は戸惑いを隠せない。

「兄上、突然言われてもコウメが困るでしょう⁉」

ケネスが抗議しても、エイベルは笑顔を崩さなかった。

「ああ、部屋の用意などはご心配なく。ケネスが一部屋借りているのだから、私もその部屋で一緒に寝るよ」

「いや、兄上……」

「他の連中は野営に慣れているから、外で適当に過ごさせる。どうせケネスの結界があるのだろう？」

「ありますが……いや、しかしですね……」

「一緒に寝るなんて何年ぶりかなぁ。子供の頃を思い出すね」

エイベルはケネスに反論する余地を与えないように、スラスラと語る。どうあっても泊まるつもりらしい。

結局根負けしたケネスが、大きくため息をついた。

「……兄上、それを狙ってこの時間に来たんでしょう？」

「ふふ、バレたか」

こうしてエイベルのお泊まり作戦は成功となった。

「ふふっ」

そんな兄弟のやり取りを見て、小梅は思わず笑みを漏らす。

「コウメ、強引な兄ですまない」

「いいんですよ、宿泊くらい。でも、ケネスさんが焦るところなんて初めて見ました。兄弟仲が良いんですね」

「おお、コウメ殿はなかなか見所があるな。そう、私たちは仲良し兄弟なんだ」

仲が良いと言われたことが嬉しいのか、エイベルの笑顔が輝く。

――エイベルさんは、ケネスさんが好きなんだなぁ。

一人っ子な小梅は、兄弟というものが羨ましい。それにずっと祖母と二人暮らしだったので、大勢の家族の団欒にも憧れがあるのだ。

「じゃあ、ケネスさんの部屋に布団をもう一組入れておきますね。ああそうだ、雑魚寝で良ければ、お連れさんにも一部屋提供できますよ」

遠いところからわざわざ来たのだから、せめて屋根の下で寝てほしい。

「そうか！　コウメ殿の優しさに甘えることにしよう」

エイベルが笑みを浮かべる後ろで、執事たちが軽く頭を下げた。

それから小梅は素早く店仕舞いをして、夕食の仕込みをすることにした。せっかくだから、手の込んだ料理を作ってあげたくなったのだ。

家の中の案内はケネスに任せ、小梅は台所に籠る。

「醤油と味噌を味わいたいって言ってたよね」

エイベルのリクエストから考えたメニューは、豚の角煮である。

トッフェの街で出された肉料理は基本焼き料理で、代わり映えするのはソースの味くらいだった。それは他の街でも変わらないらしい。

ならばせっかくなので、焼き料理ではない肉料理を振る舞おうと思ったのだ。

他には具沢山の味噌汁と、野草のおひたし、そしてケネスお気に入りのプリンを用意するつもりだ。プリンはケネスの希望だった。エイベルには教えてもいいということらしい。

というわけで、小梅はまず角煮作りに取りかかる。

冷蔵庫から豚バラ肉を取り出し適当な大きさに切って、大きめの鍋でたっぷりの水と共に火にかける。煮立ったら弱火にしてアクを取りつつ、時間をかけて下茹でし、頃合いを見て一度肉を取り出した。

そして他の鍋に肉と先程の茹で汁、水と調味料を入れて煮立ったら弱火にし、茹で卵を加える。

――味が染みた煮卵、好きなんだよねぇ。

後は煮汁を煮詰めれば完成だ。

「うん、良い出来！」

小梅は味見をして、出来栄えに満足する。

角煮を調理する間に味噌汁とおひたし、プリンも出来上がっており、気が付けば外は日が暮れようとしていた。角煮は美味しいが、時間がかかるのが難点である。

小梅が料理にかかりきりになっている間、エイベルたちは店の周囲を散策していたのか、時折裏の畑の方から話し声が聞こえていた。

夕食前に順番に風呂に入ってもらい、さっぱりしたところで声をかける。

「夕食ですよー」

家の食卓では手狭なので、店の方で食べることにした。

「美味しそうな匂いだね」

「今日はまた、見たことのない料理だ」

エイベルとケネスが並んだ皿を見て目を見張るので、小梅は料理の説明をする。

「これが角煮、そして味噌汁に野草のおひたしです。角煮のお肉は、昨日ケネスさんが獲ってきてくれたんですよ」

話を聞いた皆が、角煮の皿を凝視する。

「なんだこれは、肉なのか!?」

思わず叫んだエイベルだけでなく、他の全員も同じ気持ちであろう顔をしていた。

――まぁ、そうなるかもね。

焼いた肉しか食べたことがないなら、肉を煮込むなんて想像がつかないだろう。

「まずは一口、食べてみてください」

呆然とする一同に勧めると、小梅の料理に慣れているケネスが一番に手をつけた。

「ずいぶん黒いな。それに脆い」

フォークで肉を突くとホロホロと崩れる角煮を、ケネスは慎重に扱う。

「醤油とお酒で長時間煮込みましたから」

ケネスの感想に小梅が応じると、ようやく衝撃から立ち直ったらしいエイベルが尋ねる。

「スープでもないのに、肉を煮込むのか？」

「はい、私が育った場所では、肉や魚を煮込むのは当たり前の調理法なんですよ」

「ふむ」

エイベルとのやり取りを横目に、ケネスはようやくフォークに取れた角煮の香りを嗅ぎ、口に含む。

「……っうまい！　それに柔らかい！」

そう叫びながら後ろに仰け反る。座敷だからいいものの、椅子に座っていたら落ちていたのではなかろうか。

「黒い色味から味が濃いのかと思いきや、まろやかで優しい味がするし、肉特有の臭みがない。このトロッとした食感は脂か？」

「その通りです。脂もこうして食べると美味しいでしょう？」

小梅はニコリと笑う。

こうして角煮をじっくりと味わった後、ケネスは煌く笑顔で小梅を見た。

「コウメ、これは肉料理の革命だ！」

「ありがとうございます、おかわりいりますか？」

「頂こう！」

小梅は興奮するケネスにすっかり慣れてしまったが、他の者たちが驚いていた。エイベルさえもビックリしているので、ケネスは家でもあまり感情を出さないのかもしれない。

このケネスの勢いにつられたのか、他の面々も恐々と角煮にフォークを伸ばす。

「美味（おい）しい！」

「柔らかい！」

「確かに、トロッとしていますな」

執事や護衛、御者が口を付けた後、エイベルも口に運ぶ。

「深みのある味わい、これがショウユの味なのか……！」

それからは、皆フォークを忙しく動かす。

ご飯に慣れないエイベルたちのためにパンを用意していたが、小梅とケネスはいつものようにご飯である。

「その白いものは、なんなんだい？」

エイベルが気になったようなので、少しだけ器に盛ってあげた。

「む、ほんのり甘みがある。それにモチモチして食べ応えがあるな」

「でしょう？　私はパンよりもこちらが好きです」

兄弟でご飯をモリモリと食べている。

具沢山の味噌汁も好評のようで、おかわりの声が飛び交った。

「うん、実にうまい！」

こうも嬉しそうに食べてもらえると、小梅も料理人冥利に尽きるというものだ。

そして最後に出したプリンにも、エイベルたちは非常に驚いていた。

「コウメ、これは素晴らしい甘味だ！」

「材料も作り方も、すごく簡単なんですけどね……」

小梅はつくづく、発想やひらめきというものが料理にいかに大事なのか、思い知らされる。

――こんな単純で美味しいお菓子が、まだ生み出されていなかったなんて……

実にもったいないことだと、この国の人たちに同情してしまう。

「兄上なら、この美味なる菓子を大々的に発表する場を用意できるでしょうか？」

ケネスがエイベルにそんな提案をした。どうやら以前言っていた『教える相手として適した人』というのは、エイベルのことらしい。

「もちろんさ！　私の名前で料理人を選んで作らせ、どこからも横槍を入れさせたりはしない。このプリンという甘味は万民を幸せにする力がある！」

　大げさな言い方だが、プリンを嫌いな人はいないという意見には賛成である。

　どうやら、これでプリン問題は解決のようだ。

　こうして用意した料理を全て平らげ、皆で食後のお茶を飲む。

「ミソやショウユという美味しい調味料があるなんて、初めて知ったよ。きっと一子相伝の味なんだろうなぁ」

　エイベルが満足そうな表情でしみじみと言うので、小梅は苦笑する。

「大げさですよ。私の故郷では醤油や味噌を作る店は各地にありましたし、個人でも作っていました。我が家でもそうです」

「製法が広く知られている、ってことかい？」

「はい。そもそも醤油も味噌も、元々は保存食なんです」

　保存食という言葉にギョッとしたのは、護衛の人たちだ。

「保存食ということは、乾パンや干し肉などの、あの不味い保存食の仲間なんですか？」

　一人が恐る恐る口にする。エイベルが彼らは野営に慣れていると言っていたので、日頃から保存食を食べているのだろう。

「そういうことになりますかね。特に味噌は干したり焼いたりすれば携帯できるようになりますから、昔は重宝されていたそうです」

小梅は日本の事情をエイベルたちにも語る。

「私の故郷はここに比べると気候の変化が激しい地域なんです。なので、昔は一年のうちに食料を確保できない時期が長く、それに高温多湿のせいで長期保存も難しかった。そこで知恵を絞ったものの一つが、この醤油と味噌です。二つとも、原料は大豆なんですよ」

「あの家畜の餌が、こんなものに……」

「なるほど、過酷な環境を生き抜いた先人の知恵というわけか」

小梅の話を聞いたエイベルらが、それぞれに感心する。

「はい、おかげでこうして美味しいものが食べられるんですから、ご先祖様は偉大ですね」

劣悪な環境が料理を進化させたという話に、エイベルは思うところがあったらしい。

「この国は昔から環境に恵まれ、そうした問題には直面しなかったから、料理に変化を求めなかった。人というのは、穏やかな毎日が約束された環境では変わりづらいものなのだな。学ばせてもらったよ」

確かに、人は困難に直面した時にこそ知恵を絞る。日本がもっと暮らしやすい穏やかな気候だったなら、発酵食品は生まれなかっただろう。

「伝統の味というのも、いいものですけどね。でもたまには、新しい味との出会いって必要だと思います」

「確かに、コウメの言う通りだ。第一、同じものばかり食べていると飽きてしまうしな」

それからひとしきり料理談義をしていた小梅だったが、ふとあの失礼な男のことを思い出す。

「そういえば、エイベルさんが追い出してくださった人、放っておいて大丈夫ですか？」

お父様がどうのと言っていたし、もしかして偉い人の息子なのではないか。

不安顔の小梅に、エイベルがニコリと笑う。

「ああ、処刑だとか喚いていたが、アイツ自身にそんな力はないだろう。どうせお偉い父親に泣きつくつもりだろうが、気に食わないから処刑するなんてできるはずがない。勝手に処刑をするとなればそれは私刑で、立派な重罪だ」

穏やかな笑顔とは裏腹に、エイベルの声は鋭い。

「今まであぁ言えば周囲が自分の言うことを聞いてきたから、あの態度なのだろうな」

ケネスも若干呆れ顔である。

――まあ、日本にもいたけどね、ああいうタイプの人。

家が金持ちだったり親が偉かったりすると、自分までも偉い気がして威張り散らす人が存在する。成長と共にそういった行動が落ち着く者もいれば、そのまま大きくなる者もいる。

あの男は確実に後者だろうが、周囲にとっては迷惑千万に違いない。

「じゃあ、あの人が言ったことは口だけなんですね」

小梅が安堵すると、エイベルは大きく頷く。

「刑罰を個人で決めるなんて言語道断、それは国の司法機関の仕事だ。それを軽々しく処刑などと口にする方が罪深い。アイツの親もそのくらいの分別は持っているだろう。それにしても、王家の管理地にちょっかいをかけるとは、思い上がりも甚だしい」

そう話すエイベルからは威厳のようなものを感じた。

――エイベルさんはもしかして、お役所の人なのかな？

「まだなにか悪さをしてくるようなら、私に連絡するといい。きつく叱ってあげるから。全く、早く身のほどを知ればいいのに」

そう言って微笑むエイベルだが、その笑みがほんの少し怖いと思った小梅なのだった。

＊＊＊

小梅たちが「なごみ軒」で団欒(だんらん)していた頃。

「門を開けろ、早くしろ！」

トッフェの街の閉じられた門の前で叫ぶ男がいた。彼はエイベルに「なごみ軒」を追い出された男である。

「僕の言うことが聞けないのか⁉　どいつもこいつも役立たずが！」

開けろと言われても、非常時でもないのに時間外の門を開けられるわけがない。

しかし止まない悪態(あくたい)を無視できなくなった門番二人が、門の横の小屋からあくび交じりに出てくる。

「なんだよ、こんな時間に。明日にしろ明日に」

迷惑顔の門番に、男は怒鳴り散らす。

「誰に向かって言っているんだ、処刑するぞ！」

ヒステリーを起こしている男を見て、門番の一人が「あっ」と小さく声を漏(も)らした。

「おいコイツ、領主様のところの坊ちゃんだぞ」

「げっ、本当だ」

「いいからさっさと開けろ！　僕をいつまで待たせる気だ⁉」

男の正体がわかった門番たちは、ある意味非常事態ということで、仕方なく門を開けた。

本当は横の通用口を通ってもらうつもりだったのだが、男が「そこは下働きが通るところだろうが！」と謎の主張をしたため、開門せざるを得なかったのだ。

男にとって、合理的かどうかは関係なく、自分の意見が通ることが大事なのである。

「あの小娘、アイツのせいだ！　僕に恥をかかせてこのままで済むと思うなよ。お父様に言って、あのボロ家を取り壊してやる！」

男の中では、全て小梅が悪いことになっている。

そんな男の様子を、門番二人は気味悪そうに眺めていた。

＊＊＊

宣言通り、エイベルはケネスの部屋に泊まった。六畳一間に布団を追加すると一気に手狭に感じるのだが、彼はこの狭さを存外気に入ったらしい。

「この広さも案外いいな。必要なものが少しの動きで全て手に届く」

そう言って自分の布団にゴロリと寝転んでいた。

深夜に小梅がトイレに起きた時、まだ部屋の明かりがついていたので、遅くまで兄弟で語り合っていたのだろう。

翌朝、エイベルたちが王都へ戻ると言うので、小梅とケネスは見送りをする。

「帰り道、気を付けてくださいね」

「ああ、弁当まで作ってくれてありがとう」

エイベルは小梅にニコリと笑った後、ケネスに視線を移す。

「ケネス、また折を見て会いに来るよ」

「兄上、ダンゴを食べに来る、の間違いでは？」

ケネスのツッコミも無理はない。

エイベルが昨夜、『しばらくダンゴを食べることができない！』と盛大に嘆いていたので、小梅は持ち帰り用のだんごを用意したのだ。弁当とだんごを両方用意するのは、なかなか大変だった。

――でも、喜んでもらえると報われるなぁ。

弁当とだんごの詰まった箱を持ってホクホク顔のエイベルを見ると、小梅まで笑顔になる。

「そう言うな。お前と違って、私は次いつ食べられるかわからないのだから。ダンゴもうまいし料理も絶品とは、コウメ殿は実に素晴らしい料理人だな。あの異国の料理法は、この国の料理人たちに否が応でも変化をもたらすだろう。あの味を知ってしまったら、誰もが今までの味に満足できなくなるからな。あぁ、ウチの料理人を派遣して学んでほしいくらいだ」

満足げな顔から一転、エイベルが悩ましいと言わんばかりの表情で嘆く。冗談に聞こえないのが恐ろしい。

彼の料理人たちに教えられない代わりにプリンのレシピを渡しているので、しばらくはそれで我慢してほしいものだ。

「ダンゴ屋の支店が王都にできれば嬉しいんだがなぁ。さすがにここまで通うのは遠いよ」

エイベルがそう言いながらため息をつく。

「王都って、そんなに遠いんですか？」

まだ地理をよくわかっていない小梅が小声でケネスに聞けば、彼も小声で答えてくれた。

「馬車で普通に行けば十日、馬を急がせて六日といったところか」

ということは、エイベルはわざわざだんごを食べに十日もかけてきたのか。

馬車の旅というのは、小梅にはいまいちピンとこないが、移動で十日とは想像するだけで辛い。飛行機や新幹線がいかにすごい発明であるのか、今更ながらわかる。

それだけこのあたりが田舎であるということかとも思ったが、聖地がある頃はこのあたりも栄えていたと言っていたはずだ。そんな場所が王都から遠いというのも、おかしな話である。むしろ、聖地のある場所を王都にした方がいいのではないか。

——もしかして、わざと王都と離したとか？

例えば聖地を管理する神殿と国王様が喧嘩したとか。案外あり得るかもしれない。

そんな推測はともかくとして。エイベルが簡単に通えないのはわかった。

だが、だんご屋を増やすには問題がある。

「おだんごを作るのは、菓子職人だったらすぐにコツを覚えられると思います。でも、この国では材料を手に入れるのが難しいんです」

そう、材料の調達である。「なごみ軒」としても、今で仕入れと供給のバランスがギリギリだ。早急になんとかしたいものの、これぱかりは個人の力で解決できるものではない。

「なにが材料なんだい？」

「昨日食べたお米です。お米を粉にしたものを捏ねて作るんです」

「あれか！　コメは私も今まで知らなかった食材だ。生産地もわからないな……」

材料を聞いて難しい顔をするエイベルに、小梅はさらに続ける。

「穀物店の人の話では、地方の人が食べているものをほんの少し取り寄せているだけらしいんです」

「その仕入れを増やせないのかい？」

エイベルの尤もな疑問に、小梅は首を横に振る。

「その地方の人たちは自生しているお米を採るだけで、栽培までは行っていないそうです。なので増えることはないでしょうね」

そこの地域の生活ぶりもわかっていないので、小梅が安易に「栽培しましょうよ！」と提案することも難しい。米栽培は案外繊細で、片手間でするのは大変なのだ。

「なるほど……」

小梅の話を聞いたエイベルが、顎を撫でながら考える。すると、ケネスが口を挟んできた。

「コウメは裏のスイデンとやらで作ると言っていたじゃないか。それはこのあたりの他の農家ではできないのか？」

「なに⁉　君は栽培法を知っているのか⁉」

思わぬ事実にエイベルは目を見開いた。

作っていることを言い忘れていたことに、小梅も遅ればせながら気付く。

「はい、自家製の粉を作るために栽培しています。ただ、小さな水田ですから、そう沢山は採れないんです」

「それは、一家に伝わる秘伝のような方法なのかい？」

「いいえ？　故郷の米農家では一般的に知られている方法ですよ」

小梅の答えに、エイベルがパアッと表情を明るくする。

「ではその方法を、私が推薦する農家に教えてもらうことはできないだろうか？」

「構いませんよ。お米の栽培をしてくれる農家があるのなら、私もとても助かりますし」

というわけで、エイベルが農家を紹介してくれることになった。まずは小梅の作業の手伝いをしながら稲作を学び、来季に米作りに挑戦させてみるという。

――やった、これでお米が仕入れやすくなるかも⁉

一番の懸念点が解決しそうな展開に喜びながら、小梅はエイベルたちを見送ったのだった。

# 第六章　領主の企み

本日は「なごみ軒」の定休日である。

なので小梅はケネスと共に、トッフェの街まで買い出しに来ていた。

「へー、この果物美味しいですね」

「だろう？　これが出てくると、もうじき夏ってことなんだよ」

青果店で柑橘系の果物を見つけ、店番のおばさんの厚意で味見をさせてもらう。甘夏のような味だが、あれよりも少し甘みが強い気がする。確かに、暑い時期に食べたい果物だ。

――これでゼリーでも作ろうかな？

日本ほどではないが、最近では暑さを感じることもあるので、涼を感じる甘味はうってつけだ。

「買います！」

「まいど、一つおまけしておくよ」

「やったぁ！」

おまけをもらえてホクホク顔な小梅である。

「ところでコウメちゃん、気を付けた方がいいよ」

おばさんが急に低い声でそう言ってきた。

「……なにがですか？」

なんでも、ガスコイン領主が「『なごみ軒』は土地を無断で使っており、土地の所有者たる己に経営権がある」と、吹聴(ふいちょう)して回っているらしいのだ。

「なにそれ？」

「あそこを管理しているのは王家だろう、勝手を言うのもすぎるな」

小梅が眉をひそめていると、後ろで荷物持ちをしていたケネスも嫌そうに言った。

おばさんも肩を竦(すく)めている。

「ああ、聖地がなくなったとたんにあの丘周辺の土地を捨てたことは、この街でも有名な話さ。縁起(えんぎ)が悪いってことで、トッフェにもずっと顔を見せていなかったんだがねぇ」

それがここのところ、ガスコイン領主が頻繁(ひんぱん)に出入りするようになったらしい。

「たぶん、金になりそうな商売をしているダンゴ屋を抱き込みたいのさ。贅沢(ぜいたく)が好きなお方だから、金のことには目ざといんだ。アタシたちの陳情(ちんじょう)は知らぬふりをするくせに、こういったことだけは行動が早いんだから」

おばさんの口ぶりや態度から察するに、ガスコイン領主は領民たちに嫌われているようだ。

というかつい最近、『この店の主は僕だ！』という強引な主張をした男がいたのだが……

「ケネスさん、もしかしてあの時の人が言っていたお父様って……」

小梅が後ろを振り返って小声で問いかけると、ケネスはため息をついた。

「ああ、コウメの予想通り、噂の領主の息子だ。確か名をデニスと言ったか」

やはりそうだったのか、と納得していると、話が聞こえたらしいおばさんが身を乗り出してきた。

「もうなんかあったのかい？　気を付けてくれよ。仕入れの時におたくに寄るのを、うちの旦那が楽しみにしているんだから。もし店がなくなったら、この街の連中は泣くからね」

「はい、気を付けます」

小梅は心配してくれたおばさんに手を振って、次の店へ行く。

しかしそれから、寄る店ごとに同じような忠告を受ける。しかも小梅が仕入れをする店では、「なごみ軒」の情報を引き出そうとしているそうだ。

「商売人が客の情報をバラすわけないだろう？　全く失礼な奴だよ」

そう言いながら顔馴染みの店主がカンカンに怒っていた。

食事に入った食堂でも心配され、最後に寄ったゲッテンズからも忠告される。

「俺も他の支店の奴から言われたんだよ、ガスコイン領主に無茶をふっかけられていないかって」

ガスコイン一族の贅沢好きは他領でも有名らしく、新しい商品を売り出したゲッテンズを、仲間が心配してくれたらしい。

「本当は、砂糖控えめの菓子専用の店舗を作りたいんだがなぁ」

どうやら新しい菓子を売りはじめてから店の売り上げが伸びたため、ガスコイン領主はその利益を掠め取ろうと画策しているそうだ。そのせいで新店の計画が進んでいないのだという。

――どんだけがめついのよ、その領主。

ここまで悪評を聞くと、小梅も不安になってくる。

「ケネスさん、大丈夫ですかね？」

帰り道、ブライアンの背中の上で、小梅はケネスに尋ねる。

「本来ガスコインなんかに、口を挟まれる筋合いはないんだがな」

ケネスもガスコイン領主の執着具合に、難しい顔をしていた。

それから数日は何事もなく、小梅もトッフェの街で受けた忠告を忘れかけていた。

しかし、ある日の昼頃。

ガラガラガラ。

店の前に立派な馬車が止まった。

「なんだぁ、あれ？」

「どこの偉いさんが来たんだ？」

中にいた客たちが何事かと店先の方を見る。小梅も「一体誰だろう？」と不思議に思いつつ、好奇心にかられて外に出た。

馬車はエイベルが乗ってきたものよりは質素だが、いつも来る荷馬車などに比べれば断然豪華なものである。

「この家紋、まさか……」

小梅に続いて出てきたケネスが、馬車についている装飾に目を止める。なんだろうかとケネスに尋ねるより先に、馬車の中から人が出てきた。

「ふむ、ここがダンゴ屋か」

店を見るなりそう言ったのは、役人っぽい雰囲気の中年の男だ。彼は店へ一歩踏み出そうとしたのだが……

バシッ！

「うおっ!?」

なんと結界に弾かれた。

それを見たケネスはとっさに小梅を店の中に引っ張り込む。

「馬車についているあれはガスコインの家紋だ」

そう告げながら、眉をひそめて男を見つめていた。

「これが話にあった結界か。ええい私を弾くとは無礼者め！」

男は店に入れないことを悔しがり、地面を蹴りつける。

「あの、ウチの店は、お客さんではない人は入れないようになっていますから」

小梅が店の中から声をかけると、男がジロリと睨(にら)んできた。

「それはそうだろう、私は客なんかよりももっと重要な人間だからな！」

——なによそれ？

男の言っていることは、小梅には意味不明だ。

「ふん、わかったからといって、今更媚びを売ろうとしても遅いぞ。今日は通告に来たのだ」

男はそう言い、偉そうな態度で小梅を見下ろした。

――は、通告？

なんのことかとポカンとする小梅に向かって、男は懐から取り出した紙を広げた。

「ガスコイン領主様からのお言葉だ、よく聞け」

そして内容を読み上げはじめる。

「この丘は遥か昔からガスコイン領として管理されてきた。不幸な行き違いによって空白地とされたが、その責務を投げ出したつもりは毛頭ない。故に勝手にもここで商売をしている不届き者は、すぐにガスコイン領主に店を明け渡すよう、通告する」

小梅はこの通告とやらに呆然とし、ケネスは表情を険しくする。

「だが、領主様はお優しい方だから、速やかに店を渡せばここで仕事を続けること自体は許可すると仰っている」

それは要するに、店の経営権はガスコイン領主のものとなるが、だんご作りは小梅がやれということだ。なんという暴論を吐くのだろうか。

「それから、もし領主様に取りなしを求めるのなら、相談に乗るのもやぶさかではない」

そう言って、男は懐を叩く仕草をした。

「は？　相談って……」

「賄賂を寄越せば言い分を聞いてやる、あれはそういうことだ」

なにも相談することなんてないと言おうとした小梅に、ケネスが囁く。

——賄賂を要求されているの⁉

小梅は怒りで頭が真っ白になり、ただ口をパクパクさせることしかできない。

「ここはガスコイン領ではなく、空白地だろう。今は王家が管理しているのに、それを無視して取り締まろうとは、不敬ではないか？」

代わりにケネスが指摘すると、男はジロリと睨む。

「ふん、知ったような口を利くと後悔するぞ。言ったであろう、不幸な行き違いがあったのだと」

そんな白々しい言い訳など、信じられない。

やがて男は小梅が反応しないことに焦れたらしく、一層声を張り上げた。

「ほれ、領主様に贈り物をしたいのなら、早う用意せんか！」

顎をしゃくって催促してきたことに、小梅はカチンとする。

「なにもあげるものなんか……あ、そうだ」

小梅は断ろうとして、ふと閃く。

「贈り物にちょうど良いものがありますから、ちょっと待っていてくださいね」

突然コロリと態度を変え、ニコリと笑う。

そして厨房に引っ込み、だんごを持って戻ってきた。手にしているのは赤と緑の色鮮やかなだんごである。

「……コウメ、これは」

なにか言いたげなケネスを後回しにして、小梅はだんごの包みを男に差し出す。

「店ではまだ提供していない、特別なおだんごです。どうぞお受け取りください」

「ほう、特別とはまた……」

笑顔で説明する小梅に、男は涎を堪えるような顔をする。どうやら、ついでにだんごを食べたかったらしい。

「殊勝な心掛けである。領主様もお喜びになることだろう」

「はい、よろしくお伝えください」

だんごを手に入れ満足した男は、馬車に乗り込み去っていく。

「さようなら～」

やがて、馬車が見えなくなったのを確認してから、ケネスが尋ねてきた。

「コウメ、俺はあのダンゴを初めて見たのだが」

「あれは聖獣たちが持ち込んだ木の実なんかで試作したものですよ。激辛だんご二種です」

実は、唐辛子に似た味とわさびに似た味の実があったので、興味本位で混ぜてみたのだ。結果、とても辛いダンゴが出来上がってしまったのだが、聖獣の中にはあれが好きな子がいるかもしれないと思い、冷蔵庫に入れておいたのである。

「普通の人が食べると、舌が痺れてしばらくなにも食べられないか、鼻がツーンとして涙と鼻水が止まらないかのどちらかです」

「……恐ろしいものを作ったな」

今頃、つまみ食いをした男が馬車の中で酷い目に遭っているに違いない。そう考えると溜飲が下がるというものだ。

それにしてもと、小梅はポツリと零した。

「ガスコイン領主って人は、本気でここを乗っ取るつもりなんですかね」

「なごみ軒」は祖母と祖父が一緒にはじめた思い出の店で、他人に売り渡すなんて考えたこともない。祖母が亡くなって一人きりになった時ですら、店を畳むことを思いもしなかったのだから。それだけこの「なごみ軒」には愛着があるのだ。

――そう簡単にあげられるものじゃないんだから！

そう思いつつ、不安にも襲われる。

もしここを追い出されたら、自分はどうすればいいかわからない。

「なごみ軒」ではなんとか客商売をやっていけているが、小梅自身はまだまだこの世界のことを知っているとは言えないのだ。

縁も所縁（ゆかり）もないこの世界で、身一つとなってしまったら、どうやって食べていけばいいのか。

そう考えて落ち込んでしまった小梅に、ケネスが語りかけてくる。

「大丈夫。言っただろう、ガスコイン領主にはなんの権限もないのだと。なにを言われても跳ね返せばいい。それに、兄上がすでに手を打ってくれているはずだ」

「エイベルさんが、ですか？」

「そうだ、ガスコインよりも兄上の方がずっと偉いんだぞ？」

確かに、以前デニスを撃退した時も、エイベルの方には余裕が感じられた。

それに、食事以外では感情の起伏が少ないケネスが、ちょっと自信あり気に言ったのが珍しくて、小梅はクスリと笑う。

「じゃあ、エイベルさんを信じて、私はおだんごを売りますか！」

握り拳を突き上げた小梅に、ケネスは表情を緩ませた。

それから数日間はなにもなく、いつも通りに営業をしていた。

――安心なのか不気味なのか……

落ち着かない気分の小梅が厨房で皿を片付けていると、「コウメ、ちょっといいか」とケネスに呼ばれた。

「なんですか?」

厨房から出ると、ケネスはいつもの外出よりも重装備だった。それはまるで、今からここを去っていくかのようである。

――ケネスさん、どこかに行っちゃうの?

ケネスがいなくなれば、小梅はこの家にまた一人きりになってしまう。

祖母を亡くした時のような寂しさがまた襲ってくるのか――そんな考えが頭をよぎったとたん、小梅は目の前が暗くなった気がした。

「あの、ケネスさん……」

なにか言わなければと思うが言葉にならず、顔色を悪くするだけの小梅に、ケネスは頭をポンポンと叩いた。

「今から兄上に会いに行ってくる。できるだけ急いで戻ってくるつもりだ」

――戻ってくる？

「ここを出ていくんじゃないんですか……？」

ほんのり目を潤ませる小梅を見て、ケネスが微かに笑った。

「そんなわけないだろう。まだ聖獣と魔獣の観察をしたいし、出来立てのミソも食べたいし、コメを作るところも見ておきたい。やりたいことが山ほどあるんだから。それともコウメは、俺に出ていってほしかったのか？」

「いえ、いいえ！」

珍しく意地悪な言い方をするケネスに、小梅は首を力いっぱい横に振る。

――まだいてくれるんだ。

そうわかったとたん、小梅は全身から力が抜けるのを感じた。

ケネスは家族ではなく、単なる同居人で、いつかは去る存在である。なのに、何故かずっとここにいてくれると思い込んでいたのだと、自分でもビックリだ。

小梅が落ち着いたのを見計らい、ケネスが真面目な顔で語った。

「今は静かなガスコイン領主だが、油断はできない。兄上からも『奴らが強引なことをする前に手を打ちたい』と連絡が来ていたからな。だから王都へ行って、兄上の手助けをしてこようと思う」

どうやら「なごみ軒」のために出かけるらしい。だが、この店の主はあくまで小梅である。ならばケネスではなく、小梅こそが奔走すべきではないだろうか。

「なんだか、ケネスさんとエイベルさんにそこまでしてもらうのは申し訳ないです」

そう言って遠慮する小梅に、ケネスは「それは違う」と告げる。

「人には適した役割があるだろう。皆が楽しみにやってくるダンゴは、俺には作れない。しかしこういう交渉事は向いている。それだけのことだ。むしろこのせいで店が閉まってしまうと、やってくる客が悲しむ」

ケネスにそう諭され、小梅のごちゃごちゃしていた心がスッと凪いでいく。

――そうだ、私の仕事は、お客さんに美味しいおだんごを食べてもらうことだ。

それに、小梅が王都に行ったところで、なにをどうすればいいのかもわからず、右往左往するだけだろう。

小梅一人ができることなんてたかが知れているのだから、他人を頼るのは悪いことではない。

日本でも地元の商店街の人々と、持ちつ持たれつでやってきたのだ。それがこの世界でポツンと一軒だけの店となって、少し身構えてしまったようである。

「……そうですね。じゃあケネスさん、申し訳ありませんがお願いしていいですか？」

「ああ、任せておけ」

ペコリと頭を下げる小梅に、ケネスが自身の胸をポンと叩く。

「コウメは笑っている方がいい。あまり思い詰めるな」

ケネスは小梅の様子がおかしいことに気付いていたらしい。

「心配してくれて、ありがとうございます。なんていうか、おばーちゃんがいなくなってから、人恋しくなったみたいで。また一人になるのかって思ったとたん、すごく寂しくなっちゃったんです。なんか、子供みたいですね」

そう言って俯く小梅に、ケネスが優しく語りかける。

「たった一人の家族を亡くしたばかりなんだ、寂しいのは当たり前だろう。それに、それだけ祖母殿を愛していた証拠なのだから、恥じることはない」

「愛していた、証拠……」

小梅はいつまでもメソメソしていたら祖母が心配してしまうから、一人でもしっかりしないとと思っていた。

けれどそうではない新しい見方を、ケネスが教えてくれている。

「自分の愛は通じていたと、むしろ祖母殿は喜ぶだろう。それに無理やり悲しみを押し殺したところで、いつかは寂しさが襲ってくる。だから今寂しく思えるコウメは、正しいんだ」

ケネスの言葉が、小梅の心に沁みていく。

――そっか、私はこれでいいんだ……

寂しくて、メソメソして、夜中に一人泣いてしまうのは正しい。

ケネスにそう言ってもらえただけで、気持ちが楽になった。

「出かける前に話ができて良かった。コウメは真面目だから、思い詰めるんだな。そういう時はなんでも話してくれ、俺はいつでも話を聞くから」

そう話すケネスに、小梅は笑顔を見せる。

「じゃあ、いっぱい話をしたいので、早く帰ってきてくださいね？」

「ああ、ブライアンに頑張ってもらおう」

ケネスはそう言うと、小梅の頬を撫でた。頭を撫でられることはあっても、これは初めてだ。

すぐに離れてしまったが、そのかさついた手の感触がいつまでも頬に残っている気がした。

ケネスがいない間、小梅は裏の畑以外の外出は控えた。いつもなら気分転換に丘の上の泉へ散歩しに行くのだが、それも我慢する。というのも、出かける前にケネスに言われたことを守っているのだ。

『いいかコウメ、俺が戻るまでの間、なにがあっても決して結界の外へ出るな。ガスコイン領主がどんな卑怯なことをするかわからないから、用心してくれ』

というわけで、結界を念入りに張り直してもらったので、今のところ悪い輩に入り込まれていない。以前よりも弾かれる人が増えたものの、彼らは後ろ暗い考えを持っているのだろう。

小梅が散歩を控えた代わりに、聖獣たちの方が丘を下りて遊びに来てくれる。だが、それでも一人で食事をするのは寂しい。

――王都までは急げば六日くらいだって、前に言っていたけど。

ということは、往復で二週間弱といったところか。ならばケネスが戻ってくるまで、まだまだかかりそうだ。

そうして、ケネスが出立してから十日が経過した朝。

「うーん、今日は天気がいまいちだなぁ」

なんだかどんよりと曇っていて、今にも雨が降り出しそうな空模様だ。雨の日は道が悪くなるので、旅人は出立を控えるらしい。

——今日はお客さんが少ないかも。

そんなことを思いながら開店準備をしていた時。

ドドドド……

どこからか、地鳴りのような音が響いてきた。

——一体なに？

店のガラス越しに外へ目をやると、鈍く光る集団が馬に乗ってやってきているのが見えた。しかも、馬上の人たちは鎧を着て剣や槍などで武装していて、その様子はちょっとした軍隊だ。

「なんなのあれ、こっちに来てる？」

驚いた小梅がガラスに張り付いて見ていると、彼らは店から一定の距離をおいて停止した。結界に阻まれて進めないのだ。

——ということは、攻撃の意思があるってことじゃない！

敵意を持った集団は結界をぐるりと囲むように展開する。

恐怖のあまり、小梅はガラスから離れて店の奥へ引っ込み、表の様子を窺った。武装した人は結界内に入れないため、ここにいれば安心なはず。

その時、武装集団から男が一人進み出た。

「ガスコイン領主様に無断で居座っている不法滞在者よ！　大人しく出ていくのならば捨て置こう、しかし従わない場合は実力行使で建物を接収する！」

男の堂々とした口調は、なにも知らなければこちらが悪いのだと思ってしまうことだろう。

けれど、ここはガスコイン領ではなく王家が管理する空白地だ。これはケネスだけでなく、トッフェの街でも聞いた話だ。

そしてケネスは、国王がガスコイン領主の意見を受け入れるなんてあり得ないと言っていた。

小梅は、ケネスより彼らを信じるつもりはない。

ならば毅然とした態度でいようと考えた小梅は、入り口に駆け寄り戸を少しだけ開けて、大声で反論する。

「ここはガスコイン領ではなく、王家が管理する空白地のはずです！　領主様から不法滞在者呼ばわりされる筋合いはありません！」

「そんなもの、もうじき領主様の土地になるのだから、事前に取り締まっているだけのこと。にわか仕込みの浅知恵は恥をかくだけだぞ！」

――もうじきなるって、要するにまだガスコイン領主の土地じゃないってことよね？　それっぽいことを言って煙に巻こうとしているとしか思えない。それで騙せると思われているのなら、馬鹿にしているにもほどがある。

「断固、拒否します！」

そう言い放つ小梅の前に、一頭の馬が進み出た。

その背に乗っている人物に見覚えがあると思えば、いつかの失礼な男――ガスコイン領主の息子のデニスだ。

「ふん、ボロくてシケた食い物屋の分際で、この僕にたてつくとは。変な意地を張らない方がいいぞ？　今なら泣いて縋れば許してやろう」

得意気なデニスに、小梅はムカムカとする。

「ケネスさんに敵わなかったからって、大勢で寄ってたかってなんて最低！」

小梅はそう言い放ち、戸をピシャリと閉めて再び奥に引っ込む。

兵たちを見ても怯まない小梅に、デニスは面白くなさそうに鼻を鳴らす。

「ふん、馬鹿な奴め。お前ら、結界を壊せ！」

デニスが手を振り上げると、集団の後ろの方から光が飛んできた。

ドガァン！

それは結界に当たって爆発する。

──今、魔法を当てられたの⁉

ケネスが一度見せてくれた火の魔法が頭に浮かぶ。あんなものが生身に当たったら、火傷どころでは済まないだろう。

「チッ、一発ではダメか。続けろ！」

そうして数発の火の魔法が当てられるが、結界はビクともしない。

「しぶといな、こざかしい……！」

未だ壊れない結界に、デニスが焦れる。

小梅はそろそろ諦めて帰ってくれないものかと思ったが、彼にそのつもりはないようだ。

「魔法を打ち続けろ！　壊れるまでやるんだ！」

再び命令すると、火の玉や雷などが雨あられのように降り注ぎ、結界に当たった。

今のところ結界が壊される様子はないが、いつまで保つのか心配になる。

──怖い、ケネスさん！

小梅がしゃがみ込んで震えていると、いつの間にか魔法は止み、あたりは静かになった。

あの猛攻を耐えた結界に、武装集団がざわめいている。

「おい、この結界……」

「特級魔法レベルじゃないか？」

「まさか、そんなことは……」

あまりに壊れない結界に、彼らがヒソヒソする。

「くそぅ、なんだこれは」

一方のデニスは地団太を踏んで悔しそうにしていた。その様子に、さすがに諦めるのではないかと期待した小梅だったが——

「ふん、ならば仕方ないな」

全く諦めたようには見えないデニスが、結界のギリギリまで進み出る。

「いつまでも隠れていると、どうなっても知らないぞ？」

突然そんなことを告げてきた。

——いきなりなによ？

気になって顔だけ覗かせる小梅を見て、デニスが得意気に言う。

「トッフェの街の連中と、ずいぶん仲良くしているらしいじゃないか」

「は？　トッフェの街？」

眉をひそめる小梅を余所に、デニスは胸を反らして語る。

「今あの街は、お父様の兵士たちが包囲している。僕の合図一つで街は襲われ、住人たちは酷い目に遭うだろう」

小梅は、一瞬目の前の男がなにを言っているのか理解できなかった。

――あの街は、この男の家の領地なんでしょう!?

それを襲うだなんてなにを考えているのか。小梅はあっけにとられてしまう。

「僕が言っているのは冗談じゃないぞ！　おい、やれ！」

デニスが背後に呼びかけると、また火の魔法が放たれる。しかしそれは、こちらには飛んでこず、真上に上がると弾けて消えた。

――一体なにがしたいの？

小梅が首を傾げた、その瞬間。

ドンッ

小さな爆発音が聞こえたかと思ったら、しばらくして遠くで煙が上がる。あれは、トッフェの街の方向だ。

「あれって、まさか……」

小梅は慌てて外へ飛び出す。すると、待ち構えていたデニスが嫌らしい顔でニヤリと笑った。

「僕の合図で、お父様の兵士が火を放ったんだ。あの街を火の海にするのは簡単なんだぞ」

――街の皆が……！

あまりの事態に小梅は頭が真っ白になる。

この店を手に入れるためだけにトッフェの街を燃やすなんて、頭がおかしいのではないだろうか。あの街に、どれだけの人が暮らしていると思っているのだ。

そう憤る小梅に、デニスが畳みかけてくる。

「とりあえず、お前が結界から出てくれれば、これ以上は襲わないでおいてやる。だが強情を張れば、あの街は火の海だ。簡単な選択だ、そうだろう？」

――おばーちゃん、どうしよう!?

小梅は怖くて仕方がなかった。

ここにケネスがいてくれたら、そして「大丈夫だ、コウメ」と声をかけてくれたら……しかし、今ここには小梅しかいない。自分一人で決めなければならないのだ。

――でも、私一人と街の皆、選びようがないじゃない……。

あの街が火の海になるのを黙って見ているなんて、小梅にはできない。

ごくりと息をのんだ小梅がそろそろと進み、結界のすぐ側まで来た時。

「プーイー!!」

聞き覚えのある鳴き声がした。

「……え？」

思わず足を止めると、先日やっと純白になれた兎が一羽、小梅の前に飛び込んできた。

「兎くん、危ないから下がって！」

「プイプイ！」

まるで「そんなことしちゃダメ！」とでも言いたげに、耳をユサユサと揺らしながら鳴く。その姿を見て、小梅に思考力が戻ってくる。

――そうだ、なにがあっても結界から出るなって、ケネスさんは言った……

ガスコイン領主が卑怯な手を使うかもしれないと考えていたケネスが、なにも手を打っていないとは思えない。相手の情報だけを信じて、ケネスとの約束を破るなんてしてはいけないのだ。

それに、ここはもう祖母との思い出の店というだけではない。

この店があったからケネスと出会い、そして色々な旅人とも触れ合えた。

「なごみ軒」は、小梅と、だんごを愛する皆の店なのだ。

そんな大切な場所を、金目当てのデニスなんかに渡してなるものか。

迷いが消えたことで、視界までもがパッとクリアになった気がした小梅は、キッとデニスを睨みつける。

「私は、ここから動きませんから！　このお店だってあなたなんかに渡しません！」

「プーイー！」

兎も「そうだそうだ」といった様子で鳴いている。

気持ちを持ち直した小梅を見て、デニスが顔を歪めた。

「聖獣が邪魔をするのか、生意気な！」

「プイップ！」

デニスが顔を真っ赤にして唾を飛ばす勢いで叫ぶと、兎がその場で跳ねた。

その時――

ゴゴゴゴ……

突然、地鳴りが響いた。

「グォオオオン！」

「ギャーーウ！」

「キシャーーッ！」

すると、沢山の獣の声と共に、森の方から黒い集団が現れた。あれは魔獣の群れだ。

裏の畑に湧き水を飲みに来るものたちとは違う、敵意に満ちた魔獣たち。

――まだあんなに魔獣がいたなんて……

突然の出来事に驚いたのは、武装集団も同じだった。

「ひっ、魔獣……！」

「攻撃をするな、穢れるぞ！」

デニスに従う者たちの表情が恐怖に染まる。

「グァウ！」

「ひぃっ、来るな！」

それまで強気だった集団は、魔獣たちを前にして腰が引けたように逃げ出す。

「こら、逃げるな！」

散り散りになる彼らをデニスが叱りつけるが、それで足を止める者はいない。

「だったらアンタ一人でやれ、俺は穢れたくない！」

「そうだ！　そもそもこんな馬鹿らしい仕事のために、命を捨てられるか！」

それぞれにヒイヒイ言いながら逃げようとするが、魔獣に驚いた馬に振り落とされてしまい、地べたを逃げ惑う。

「グォオ！」

「助けてくれ、頼む！」

「こんなところ、来なきゃ良かった！」

結界を囲んだ時はあんなに強気だったのに、彼らはもう泣きながら震えることしかできない。そんな人たちに、魔獣たちは襲いかかろうとする。

「ダメ、ダメだよそんなの……」

だんごを食べに来たり、湧き水で遊んだりする獣たちは、魔獣であってもとても大人しかった。彼らは好きで魔獣になったわけではないし、元々凶暴なわけでもない。

小梅を守るために、あえてやってくれているのだ。

そんな姿をこれ以上見ていられない。小梅は精一杯の声を張り上げた。

「ダメー!!　止めないと、もうおだんごあげないからね！」

「「「ギャ!?」」」

すると魔獣たちはピタリと止まった。そして噛みついたり前足で叩いたりしていた相手をポイっと放り出し、慌ててこちらへ寄ってくる。

「グァウ！」

「ウミャ！」

「キャン！」

それぞれに必死な様子で、結界に張り付いて訴えかける。「そんな殺生な！」とでも言いたいのかもしれない。

——あれ？　私、言いすぎちゃった？　でも可愛い！

小梅が目をウルウルさせる魔獣たちに悶えていると、彼らから解放された武装集団が、今のうちに逃げようとしていた。

しかし——

「馬鹿が、逃げられると思うなよ」

バリバリバリィッ！

そんなセリフと共に、空から雷があちらこちらに降り注ぐ。

どれ一つとして当たってはいないのだが、武装集団はその威力に身を竦めて動けなくなってしまった。そんな彼らにこれまた光の帯が纏わりつき、グルグル巻きにしてしまう。

「なんだ、この広範囲の魔法は!?」

「これは、特級魔法か！」

戸惑う彼らの視界に入ったのは、馬に乗ってこちらに駆けてくる男の姿だ。小梅がこの世界で一番頼りにしている人である。

「コウメ！」

「ケネスさん！　帰ってきてくれたんですね！」

呼びかけるケネスに、小梅は精一杯背伸びをしながら大きく手を振る。

ケネスはあちらこちらで転がっている鎧姿の男たちを器用に避けながら、近付いてくる。

そしてブライアンからヒラリと飛び降りると、走り寄って小梅を抱き締めた。

——うひゃあ!?

祖母と二人暮らしだった小梅は男に対して免疫があまりなく、こんな風に密着したことは一度もない。

「あの、こっ、どっ、ちょっ……」

突然のことに言葉にならない小梅は、顔を赤くして口をパクパクさせるばかりだ。

「一足遅かったか……怖い思いをさせてすまない」

ドキドキしている小梅を余所に、ケネスが悔しそうに言った。密着する身体は汗ばんでいて、呼吸も荒い。

——すごく急いできてくれたんだ。

ケネスが謝ることはない。確かに怖い思いはしたものの、彼の結界のおかげで怪我はなに一つ負っていないのだから。

「いいえ、ケネスさんの結界が、ちゃんと私とお店を守ってくれましたよ。あ、でも、トッフェの街が！」

小梅の必死の訴えに、ケネスは微笑(ほほえ)みを返す。

「街は無事だ。ガスコイン領主の動きを察知した兄上が、事前に敵を捕らえてある」

今上がっている煙は、デニスにこちらの動きがバレないように上げたものだという。

周辺住人は多少煙(けむ)たい思いをするだろうが、それ以外の被害はないはずだとのこと。

「そっか、無事なんですね。良かった……」

ホッとした小梅は、思わずケネスの胸に身を預けるように脱力する。

「プイップ！」

すると兎(うさぎ)がピョーンと跳ねて小梅とケネスの間に挟まった。「自分を忘れるな！」と言いたいようだ。

「うん、兎(うさぎ)くんもありがとう！　私が危ない目に遭いそうだったから、応援を呼んでくれたんだよね？」

兎(うさぎ)が鳴いた直後に魔獣(まじゅう)たちがやってきたということは、そういうことなのだろう。

「……それでこの魔獣(まじゅう)の大群か」

ケネスは未だに結界に張り付いている魔獣(まじゅう)たちを見回す。

――そういえば、このままにはしておけないよね。

小梅はケネスから離れ、魔獣たちに近付いた。

「あのね、あの人たちはもうお店をどうこうする気力もないみたいだから、放っておいていいと思うの」

「「グォ？」」

魔獣たちは「えぇー？」と言いたげな様子だったが、再び唸ることはしない。

「駆けつけてくれて、皆ありがとう」

小梅の感謝の言葉に、魔獣たちは嬉しそうに身体を揺する。そして結界を抜けて、小梅を囲んだ。彼らから攻撃衝動が消えたのだ。

「ようし！　キミたちに、特製だんごを作ってあげよう！」

「「ギャオーン♪」」

魔獣たちは嬉しそうに雄叫びを上げる。

「あ、でも、この子たちに噛みつかれた人たち、どうしましょう？」

小梅がそこかしこで倒れている者たちを指さすと、ケネスも視線をやる。

「自業自得な気もするが、穢れを振り撒かれては困るか」

というわけで、武装集団を一か所に集め、蛇口に繋いだホースから水をかけた。

「なんだ、これは……」

その水を浴びた者たちは、穢れが消えていくのを感じ、光の帯でグルグル巻きのまま不思議そうな顔をする。

「「「ギャオーン♪」」」

そして魔獣たちも、水を追いかけて遊んでいたのだった。

＊＊＊

一方、魔獣に襲われた兵たちを早々に見捨てて、這々の体で逃げようとする人物がいる。

「畜生、こんなはずじゃなかったのに！」

そうぼやくのは、デニスだ。馬に振り落とされてしまったため、仕方なく歩いて移動している。

小娘など、ちょっと脅せば言うことを聞く。今までそれでうまくいっていたから――デニスはそう高を括っていた。

結界にしたって、攻撃魔法を数回当ててやれば壊れるだろうと踏んでいたのに、どんなに攻撃しても無駄だった。

――まるで、特級魔法の使い手が張った強固な結界のようではないか。

そんな人物が店に出入りをしているなんて話、自分は聞いていない。

いずれにせよ、小娘さえ捕まえてしまえば後はなんとでもできたのに、計画はことごとく失敗してしまった。

「早く戻って、お父様に相談せねば……」

その時、デニスの目に整列して馬を走らせる集団が映った。

馬上の者が纏うのは、白く輝く鎧に深紅のマントだ。これらの装いが意味するのはただ一つ――

「まさか、近衛騎士!?」

近衛騎士とは王家を守る部隊のことで、彼らを動かすことができるのは王家のみ。その事実に、デニスは身震いをする。

やがて、近衛騎士たちが目の前で止まったが、デニスは呆然と突っ立っていることしかできない。

「部下を見捨てて一人で逃げるとは、見下げた奴だね」

そんな声と共に一頭の馬が進み出てきた。馬に乗っている人物は、近衛騎士の装いとは少々違う。そして、以前ダンゴ屋で見た男であることに気付く。

「お前、何故近衛騎士と一緒にいる⁉」

「エイベル王太子殿下の御前である、無礼は許さん！」

驚愕で目を見開く彼に、近衛騎士の一人が馬上から剣を突きつけてくる。

――今、コイツはなんと言った……？

「王太子殿下だと⁉　どうして……」

デニスが顔色を青くするのを見て、エイベルは笑みを浮かべる。

「王家の管理地に私兵を侵入させたことは国への反逆行為と見なし、ガスコイン一族は罪人として法に従って裁かれる。他人の金を食い潰すことしか能がない奴らなんぞ、この国にはいらないんだ」

「馬鹿な……」

王太子であるエイベルの宣言に、デニスは全身の力が抜ける。

この丘の土地を再び手に入れる根回しは済んでおり、後は国王の裁可を待つだけではなかったのか。まず間違いなく、あの丘は我々のものになると、父は得意気に語っていたのに。

――何故これほど早く、王太子殿下が動くのだ⁉

デニスの疑問を察したのだろう、エイベルが笑みを深くする。

「動きを悟られまいと、領軍ではなく私兵を動かしていたようだけど……そんな誤魔化しが通用すると思われていたとは、馬鹿にされたものだな」

表情とは裏腹に、言葉はどこまでも冷たく鋭い。

「ガスコインは息子まで使ったのに、ツメが甘い奴だな。ダンゴ屋に滞在している男が誰なのか、正体に気付いていれば、話は違っただろうに」

「ダンゴ屋に、滞在している、男……」

ダンゴ屋に滞在している男。そして特級魔法の使い手であろう者が施したとしか思えない、強固な結界。この二つが、やっとデニスの中で繋がる。

――王家に一人いるじゃないか、特級魔法の使い手が！

「まさか、末王子のケネス殿下⁉」

「今頃気付くなんて遅いんだよ、全く」

エイベルは呆れ果てた目で彼を見下した。

「さて、領主館は国王の命によって動いた兵に制圧されているはず。さあ、お前はどこに帰ればいいんだろうね？」

「……そんな」

自分たちの企みが王家に全て筒抜けだったことにようやく気付き、デニスは絶望した。

＊＊＊

小梅がせっせとだんごを魔獣たちへ振る舞っていると、再び馬が走る音が聞こえた。

「今度はなに⁉」

物騒なことがあったばかりなので、小梅はつい怯えてしまう。それを見て、ケネスが落ち着かせるように肩を叩いてくれた。

「心配するな、あれは兄上たちだ」

「エイベルさん？」

整然と並んで駆けてくる集団の先頭にいるのは、煌びやかな鎧を纏った人物だ。そしてその人をよくよく見ると、確かにエイベル本人であった。

「全隊、止まれ！」

号令と共に、集団がぴたりと並んで止まる。

「やあコウメ殿、こんなに早くもう一度来るとは思わなかったよ」

エイベルは馬上から朗らかに語りかけてくるが、小梅は言葉を返すどころではない。

「えっと……変わった来店の仕方ですね？」

自分でもなにを言っているのかと思ったが、これしか言葉が出なかった。

あまりの迫力に腰が引けている状態の小梅を見かねて、エイベルが後ろを振り返った。

「お前たち、宿営の準備をしていろ」

そう命令すると、彼らはテキパキと動きはじめる。宿営というと、ここにテントでも張って泊まるのだろうか。

「あ、お水、この蛇口のを使ってください」

「店主殿の厚意に感謝する」

きっと水が必要だろうと思って声をかけると、年嵩（としかさ）らしい鎧の人が礼儀正しく頭を下げる。先の武装集団とは大違いの態度だ。

ところで捕らえられている男たちの中に、エイベルたちが連れてきたらしい者が一人放り込まれた。よく見ると、デニスである。どうやらエイベルたちが捕まえてくれたようだ。

「コイツらはこのまま放っておこう、一日くらい放置しても死にはしないよ」

エイベルがそう言ったことで、彼らに対するさしあたっての処遇が決まった。

「なんだと⁉」

「非道ではないか！」

不満のようなどよめきが上がるが、無視である。

小梅はトイレとかはどうするのかと思ったが、自分がわざわざ考えてやることではないと思い直す。彼らは、ここへ脅しに来た奴らなのだから。

――他人に怖い思いをさせたんだから、自分たちも同じ思いをしてみればいいのよ！

そうすれば、今後同じようなことはしないだろう。小梅は腕を組んで彼らを睨みつける。

「コウメ殿、宿営準備は勝手にするから、私たちは中で話そう」

エイベルがそう告げながら鎧の人たちに視線を向けると、一人が両手で持てるくらいの大きさの包みを差し出した。

「行こうか」

それを受け取ったエイベルが小梅を促す。

「あ、はい。皆、喧嘩しないでおだんごを食べるんだよ！」

「「「ギャウ！」」」

小梅が魔獣たち――いや、聖獣たちへ一声かけると、とてもお利口さんな返事が返ってくる。

獣たちの黒い毛は特製だんごを食べたものから順番に、白くなっていた。それが嬉しいのか、それぞれ毛を見せ合いっこして遊んでいる。

小梅は怖い思いをした後なので、じゃれるモフモフたちにとても癒された。

宿営準備中の人たちは、聖獣たちを気にしつつもなにも言わない。

「あの、この子たちのことは気にしないでくださいね」

「話は聞いておりますので、大丈夫です」

一応彼らに告げると、先程の年嵩の人がそう答えた。どういった風に話を聞いているのか気になった小梅だが、エイベルとケネスが待っているので急いで店内に入る。

話の前に一休みしたいと言うエイベルに、通常営業用に用意していただんごを出した。

今日の仕込み分が丸ごと残っているので、後で外の人たちにも差し入れしてあげよう。

「ふぅ、馬を飛ばしてきた後のダンゴは、身に染みるな」

目を細めてだんごを食べていたエイベルは、小梅に座るよう勧めた。

「本当はちゃんと根回しをしてからと考えていたんだが、先走った馬鹿者がいたので急いでやってきたんだ」

エイベルはそう言って懐から筒を取り出し、中に納まっていた紙を小梅に見せた。

「これは、ダンゴ屋『なごみ軒』がここで店を開くにあたっての許可証だ。私の王太子印の入った書面だから、誰も文句を言えないぞ」

「……王太子？　え？」

今日は色々なことがありすぎて、正直脳内はパンク気味だ。その中でも、これは特大のビックリ発言だろう。

「兄上、もう少しやんわりと言えませんか？」

「やんわり言っても、私が王太子である事実は変わらないぞ？　だったらズバリと言った方が話が早いではないか」

ケネスの言葉にエイベルが反論するのが聞こえるが、それらは小梅の耳をただすり抜けていくだけだ。

「え、本当に……？　冗談じゃなくて？」

「残念ながら、冗談じゃないな」

小梅の呟きに、ケネスが苦笑する。

エイベルが王太子ということは、その弟であるケネスも王子ということだ。

道理で高価な菓子を見慣れているはずだと納得する。

――いや、私、なにか失礼なことをしてないよね!?

今までの生活が走馬灯のように脳裏を駆け巡る小梅に、エイベルが言った。

「まずは、怖い思いをさせたことを謝ろう」

「え、いや、エイベルさんに謝ってもらうことじゃあ……」

王太子であるエイベルに頭を下げられ、小市民な小梅は慌てる。

――頭を上げて！　心臓に悪い！

小梅が困っていることに気付き、すぐに頭を上げたエイベルは深く息を吐いた。

「まさかガスコインがこれほど早く行動するとは。奴は欲に目が眩むばかりで、事態を全く理解していなかったようだ」

そうでなければ、王太子が動いているのにボロを出すような真似ができるはずないと、エイベルが告げる。

そして問題のガスコイン領主について語ってくれた。

「ガスコインは、我々にとって潰そうとしてもしぶとく生き残る病巣のような男でな。世渡りはうまいが、領地経営はとことん下手ときている」

ガスコイン領は聖地を失って以来、領地経営で失策が続いていた。

五十年前までは、大した政策などなくても聖地が生む金でなんとかなっていたのだ。それがいきなり領民が治める税だけで生活しろと言われても、やったことがないので無理だったのである。

そんな危なっかしい土地を、国も放っておけるわけがない。国王は常に密偵を送り込み、領民の暮らしとガスコイン領主の生活を調査させていた。

その中で浮かんできたのが、ガスコイン領の収入と支出が合わないという問題だ。

ガスコイン領の現在の主な収益源は農業である。国の食糧庫といわれるほどの広大な農地を有するとはいえ、贅沢三昧(ぜいたくざんまい)ができるほどではないはず。

それなのにガスコイン領主は、国の要人に金をばら撒いて自分の要求を通そうとする余裕があるほどに、羽振りが良かった。

「普通に考えれば、あのような羽振りの良さが発揮できるとは思えない。だから、どこにそんな金があるのか謎だったんだ」

「お金って、湧いて出るものじゃないですものね」

それは店の経営だって同じこと。祖母はいつも帳面と睨(にら)み合いをしていたものだ。気を付けていないと、お金は貯まるどころかひょんなことですり抜けていってしまうのである。

小梅の言葉に、エイベルも重々しい様子で頷く。

「もちろんだ。その時、一つ気がかりな出来事があったことを、国の財務官が思い出した。聖地が消えて神殿が崩壊した時、沢山の信者を抱えていた神殿の貯(たくわ)えはほとんど消えていたそうだよ。さて、あれほどあった金銀財宝はどこに消えたんだろうね?」

当時、神殿があったのはガスコイン領だ。ということは――

「もしかして、こっそり持ち逃げしたの⁉」

小梅が導き出した答えに、エイベルは「正解」と言うかのごとく頷く。

「混乱に乗じて金を盗み出し、今まで贅沢していたんだろうな」

ガスコイン一族は、どこまでも自分で身を立てられない人たちらしい。

「金に関する杜撰さは呆れるばかりだが、それよりも今になってもう一度聖地を得ようというのが図々しいのだ。そもそも、聖地を失うことになった件も、大元の原因は先代のガスコイン領主だからな」

「聖地が消えた、原因……？」

エイベルの言葉に、小梅は息をのむ。

ケネスからは、聖地は消えたとしか聞いていない。

だから小梅は自分の時みたいに、突然聖地が祖母と一緒に日本に行ってしまったとばかり思っていた。

――おばーちゃんが日本に来たのは、偶然じゃないってこと？

ならば小梅が今この世界にいることも、意味があるということなのだろうか。小梅は胸がドキドキとうるさくなってきたのを感じる。

「この話をする前に、コウメ殿の祖母殿の姿が残されているとケネスから聞いている。

それを見せてはくれないかな?」

「おばーちゃんの写真ですか、ちょっと待っていてください」

小梅は祖母についてもなにかわかるかもしれないと考え、すぐに仏間から遺影を持ってくる。

「これが、私のおばーちゃんです」

「ふむ」

遺影をじっと見た後、エイベルは先程受け取った物の中身を見せた。それは肖像画らしく、微笑んでいる女の姿が描かれている。

——これって……

その絵を見た小梅は、どこか既視感を覚えた。

「これは五十年前に姿を消した神子、セルマの絵だ」

「……え?」

——セルマって……

まさしく祖母の名前である。

「こちらの遺影に絵の面影がある。やはり神子セルマか」

納得顔のエイベルを見て、小梅は思わずケネスの方を振り返る。すると、重々しい表情で頷かれた。

「じゃあこの絵が、おばーちゃんの若い頃？」

小梅は小さく呟く。

「そういうことだ、よく見るといい」

エイベルに手渡された肖像画を、小梅はじっくりと見る。確かに祖母の面影があった。

「おばーちゃん、やっぱりこの世界の人だったんですね……」

今までは可能性の話だったが、ここにきて証拠を見せられた。しかも名前まで同じとあっては、信じないわけにはいかない。

小梅が絵をぼうっと眺めていると、ケネスに声をかけられた。

「コウメ、あのペンダントを出せるか？」

「え、あ、はい」

襟元から引っ張り出したペンダントを見て、エイベルが「やはり」と呟く。

「これは神の石だ。どれほど神殿跡を探しても見つからなかったのだが、やはりセルマが持っていたのだな」

神の石とはどういうことだろうか。全くわかっていない小梅に、エイベルが教えてくれる。

「この石の中にある光は、神子の力によるものなのだ。神子でない者が持つと、光は消えてしまう」

「え、でも、おばーちゃんが死んでからも、ずっと光っていましたけど……」

エイベルの話に、小梅は思わず口を挟む。光ったままだったから、こういうデザインの石なのだとばかり思っていた。

「いや、もし神子でない者が触れれば、光は消えるはずだ。試しにケネスに持たせてみるといい」

「……どうぞ」

小梅はペンダントをケネスに差し出す。恐る恐るといった様子でケネスが受け取ると、石の中の光が瞬時に消えた。

「……っ！」

「神子以外の力を感じ取ったので、石が光を消したのだ。これは神子を選び出す際に使う道具でもあったからな。ということは……コウメ殿が今代の神子ということになる」

小梅は驚きすぎて言葉が出ない。

そもそも、先程から何度も出てきている神子とは、一体なんなのだろうか？

「あの……そもそも神子ってなんですか……？」

「そうだな、まずは神子という存在について説明をするべきだった」

エイベルによると、神子とは聖水で穢れを払う者のことを言うらしい。

聖地に入れる人間は神子と、神子が許した者のみだったからだ。聖地と神子の二つの存在があるからこそ穢れは払われ、人々は救われていた。

しかし長い時を経て、この国はその存在に慣れてしまったのだという。

国はある時期から、聖地と神子の存在を利用するようになった。この国が偉大であるから聖地があるのだ、という説を語り出したのだ。

そうして神子は生まれるとすぐに神殿に連れ去られ、支援という名の国の管理のもとで一生を終える。その間はただひたすらに穢れを払わせ、国の権威を高める目的で王家との婚姻を強要した。過去には、神子が穢れを払うのは国が養ってやっている対価だ、と言い放った王家もいたという。

ここで、ケネスが口を挟む。

「聖地と魔獣の森の調査をするにあたって、改めて文献を読み漁ったんだがな……」

聖地と神子についての記述を調べれば調べるほど、国がいかに神子を身勝手に扱っていたかを思い知らされたという。

神子が消える直前は民衆も王家も、その存在に頼りきりだった。

唯一聖地に立ち入ることができる人間なのだからその責務を果たせと、国王は戦や干ばつなどの問題まで押し付けたそうだ。そして民衆も神子様のお言葉を聞きたいと、日々の小さな困り事さえ解決を求めていたらしい。

万事そんな状況で、神殿には常に大勢の人が押しかけたという。

「なにその宗教、怖すぎ！」

いや、神殿というからには宗教で合っているのだろうが、同じ宗教でもカルト系の臭いがする。国をカルト集団が運営していたようなものだと考えると、それは確かにあり得ない状態だろう。

小梅の心からの叫びに、エイベルが苦笑する。

「聖地と神子が消えるまで、誰も神子が神殿に一生を縛られる事実に疑問を抱かなかった」

神子の親ですら、神殿から莫大な報奨金が出るために、子を手放すことを躊躇わなかった。要は子供を金と引き換えに売ったのだ。

「全く愚かなことだ。神子が穢れを払わねば、大地は淀んで命の営みが止まってしまうというのに。この国は、その真実を身をもって知ることとなった」

五十年前のある日、突然神子と聖地が消えたのだ。

「その消えた神子こそが、セルマだ」

エイベルがそう言って、神子セルマの姿絵を撫でる。

「そしてセルマがこの世界から逃げ出したきっかけを作ったのが、先代のガスコイン領主なのだ」

当時、領内にある神殿を私物化していたガスコイン領主は、神子を金を生む道具程度にしか考えていなかった。そしてその頃、国では慣例通りに神子と王家の婚姻が進んでおり、王弟が相手に決まったという。

しかしこの王弟というのが、問題のある人物だった。神子より十以上も年上で、嗜虐嗜好を持つ難ありな性格で有名な男だった。

実際、王弟の屋敷から時折、不審な遺体が運び出されていたという。遺体の主は王弟に嬲り殺されたと、もっぱらの噂であったそうだ。

では、何故そんな男との婚姻が持ち上がったのかというと、王弟が神子に興味を持ち、ガスコイン領主に話をまとめるよう持ちかけたからである。

そしてガスコイン領主は尤もらしいことを言って国王たちを丸め込み、その代わりに大金を受け取ったという。

「最低です！　おばーちゃんをなんだと思っているんですか！」

「本当に酷い話だよ」

「全くな」

ぷりぷりと怒る小梅に、エイベルやケネスも同意する。

こうして婚姻を嫌がった神子(みこ)が姿を消し、同時に聖地も消えてしまった。

その後、聖地を取り戻すには神子(みこ)が必要だという意見が噴出する。そのため、国のあちらこちらで家の中を改めて神子(みこ)を探し出すという暴挙(ぼうきょ)が起こり、国はたちまちに荒れたという。

「しかし、どんなに探しても見つからなかったはずだ。神子(みこ)セルマはすでにこの世界にはいなかったのだから」

むしろ、当時この国のどこかに潜(ひそ)んでいたとしたら、どんな目に遭ったかわからないと、エイベルが告げる。それだけ国は大荒れだったそうだ。

「藁(わら)をも縋(すが)る思いで余所(よそ)の聖地の神子(みこ)に来てもらったんだが、ここに泉はないと断定されてしまった」

だから、聖地は神によって消されたのだと結論付けられる。

各地で暴動が起き、聖地と神子(みこ)を失った神殿は特に目の敵(かたき)とされた。建物は無残なまでに破壊され、聖地のあった場所は人の寄り付かない空白の地となり、今に至る。

神子は神の愛し子とされ、信奉する信者は多い。その信者をコントロールするためにはじまった神子との婚姻だったのに、国はその意味合いすら忘れていた。

そして、次第に『王家が神子を好きにできるという考え方が傲慢だったのだ』という論調を抑えられなくなる。

「責任論が止まず、当時の国王はその座から引きずり降ろされ、新国王が立つことになった」

王弟はそれまでの残虐行為が明らかにされ処刑となり、元国王をはじめとする他の王族も地位を追われ、王都を離れることとなった。

そして新たに王位についたのは王位継承権に最も遠く、傲慢な考えに染まっていない若き末の王子だった。

新国王は、王家の傲慢で聖地と神子を失ったことを国民に詫びた。そして国を建て直し、聖地と神子を戻してもらえるように神に一心に願うと約束する。

その後老年となり王位を引退した今でも、毎日祈りを捧げているそうだ。

「それが、私たちの祖父だよ」

「……ケネスさんたちの、お祖父さんですか」

彼らの祖父は貧乏くじを引かされたも同然な立場ながら、できることを懸命にやったようだ。国は以前の活気を取り戻し、今に至るのだという。

一方、美味しい思いをしていた聖地が消えるなんて、ガスコイン一族にとっては青天の霹靂だった。

「神殿から持ち出した財宝を食い潰し、金の種を探していた時、このダンゴ屋が現れたというわけだ」

突如現れた不思議な店を、消えた聖地と関連付けて考えるのは自然なことだっただろう。そしてもし本当に聖地に関係するのなら、再びあの栄光を取り戻せる——そう欲をかいたのだ。

「五十年という時間は、長いようで短い」

これまでエイベルの説明を静かに聞いていたケネスが語りはじめる。

瘴気が大地を蝕みはじめて五十年。ケネスのような若い世代は聖地があった時代を知らない。当時を知る老人は、周辺国から聖地のご利益を得ようと人々が押し寄せ、辺境まで賑わっていたと語る。

しかしそれらは昔の話で、今はただ、国の端から砂漠化が進行していることだけが事実だ。

ケネスはそれを阻止するために聖地と魔獣の森を調査していた。しかし、いざ聖水と神子(みこ)を見つけてしまった時、喜びよりも戸惑いが大きかったという。

「俺はセルマという名前を聞き、そのペンダントを見て、このことを公表するべきか悩んだ」

聖地が復活したと公表すれば、皆を安心させられるだろう。けれどその行為は正しいのかと、疑問を抱いてしまったのだ。

神子(みこ)と聖地が消えて五十年――これはもう五十年とも、まだ五十年ともいえる。

神子(みこ)が消えたきっかけを作った連中はまだ生き残っているし、その子や孫の中に当時の傲慢(ごうまん)さを受け継ぐ者もかなりいる。

そんな連中が新たな神子(みこ)である小梅の存在を知ったら、どんな行動に出るだろうか？

ケネスには五十年前の再現となる予想しかできなかったそうだ。

「悩んだ末に、兄上にだけは相談した」

ケネスに話を振られ、エイベルが頷く。

「それであの時、急いで押しかけてきたというわけさ。普段相談なんて滅多(めった)にしてこない弟が頼ってきたのだ、大事じゃないか」

――おだんごを食べに来ただけじゃなかったんだ……

そういえばあの日の夜、遅くまで部屋に明かりがついていた。あの時にこの話をしたのだろう。

「そこで考えたわけだ。わざわざ公表せずとも、ここに聖水があるだけで大地の穢れは消えていく。そうすれば砂漠化の進行は止まるので、最も重要な目的は果たされるだろう。それと、歪みの大元だったガスコインとその甘言に乗った大臣たちは、すぐに立場を失うことになる。奴らが口を挟んでくることもなくなるだろう。この国は、再び同じ過ちを犯すわけにはいかないのだ」

今後、神子に関しての情報は慎重に扱う。それが国の方針だそうだ。

そもそも、聖地には小梅しか入れないのだから、公表しなければ誰もその存在を知ることはできないし、神子がいることもバレない。

「我が国は、もう神子に縋るような真似はしない。自身を立てるのは己の力でするべきだと、父上も仰られた」

父上ということは、この国の国王だろう。

「それとこうした揉め事をなくすため、このあたりの土地を正式に王家の直轄地として、ここでの商売は自由とすることにした」

聖地に神殿を建てて王家が金儲けをしたりはしない、と決断したそうだ。

聖地で富を得れば、ガスコインのように良からぬことを考える者がまた出てくる。それよりも、民の間で富の循環を促す方がいい。

この国王の方針にはケネスの意見も大いに影響しているという。

「お前の放浪旅も報われたな、ケネス」

「はい。父上が俺の話を聞いてくれたことに、感謝します」

エイベルがそう言って肩を叩くと、ケネスが表情を緩ませる。

「というわけで、他にもこの丘で商売をしたい者がいれば、誰でも大歓迎だ」

エイベルはニコリと笑う。

もちろん、妙な商売を持ち込まれるわけにはいかないので、事前の申請は必須だが、それ以外の手続きは不要だそうだ。

「じゃあ、ホテルを建てたい人がいるそうなんですが、建てていいんですね？」

小梅が尋ねると、エイベルは大きく頷く。

「ああ。ここに管理や手続きのための職員を配置するので、その者に申し出ればいい。コウメ殿も聞かれたらそのように答えてくれ。派遣する手はずはすでに整えてあるから」

どうやらこのあたりは、もっと賑やかになるようだ。

「それと、コウメ殿を聖なる泉の管理者とする」

「……はい？」

続いた話に、小梅は目を瞬かせた。

——管理者ってなに？

疑問顔の小梅に、ケネスが説明する。

「聖水の復活は国に広く知らしめ、自由な使用を勧めるつもりだが、聖地と神子については公表しない。あくまで聖水の件だけだ」

「えっと、つまり、どういうことになるんですか？」

神子のことはともかく、聖水は公表するが聖地は公表しないというのは、矛盾しないだろうか。怪訝な顔をする小梅に、エイベルがさらに告げる。

「コウメ殿は聖水を普段使いできるように、すでに設備を整えているのだろう？　だからその設備を拡大して、皆に使ってもらうんだ」

「そうすれば誰でも聖水を利用することができて、神子の必要性も薄れる。コウメは聖地に異常がないか、定期的に確認してくれるだけでいい」

エイベルの言葉を、ケネスがわかりやすく補足してくれた。

確かに、湧き水を利用した水道は設置済だし、畑の水路だって延長できる。丘の上に行かなくても、聖水自体は手に入るのだ。

聖水は自由に使えるのだから、他の人は入れない聖地のことは言わずにおこうということか。

「じゃあこのあたりに、水路の水を溜める場所でも造りますか？」

丘の上の泉の代わりに、それっぽい場所を造れば雰囲気が出るのではなかろうか。

「おお、良い考えだ。いっそのこと、聖水で噴水を作るか！」

エイベルが楽しそうに手を叩く。確かにただ水を溜めておくより、噴水の方が華やかだろう。

「噴水かぁ、公園によくありますよね」

「なるほど、それも良い案だ。神殿ではなく広大な公園を造り、人々の安らげる場所とする。これこそが真の聖地となり得るだろう。名はズバリ、『聖なる丘公園』でどうだ？」

どうやら、この丘の未来図が決まったようだ。

# 第七章　帰る場所

いつの間にか時は進み、季節はもう初夏。

そう、田植えの季節である。

「こんなもんかな？」

小梅は店の厨房(ちゅうぼう)に並んだ大皿料理を見て、満足げに頷く。

今日は田植えをする予定で、もうすぐ手伝ってくれる人が集まるのだ。そのため前日から大量の料理を用意した。

「コウメ、来たみたいだぞ」

「はぁい、今行きます！」

ケネスに呼ばれ、小梅は裏の畑に向かう。

「おはようございます！　手伝いに来てくださって、ありがとうございます！」

小梅が挨拶すると、そこには仲良くなった常連客や、エイベルが紹介してくれた農家の人々がいた。

「これは、畑に水を張ったのですか？」

早速水田を確かめていた農家の人が尋ねてくるので、小梅は説明をする。

「概ねそんな感じです。ただ、水を張る前に畑と同じように土を耕します。できるだけ土が乾いた状態で耕す方がいいですね」

その後に水を入れ、土をかき混ぜてよりドロドロにするのだ。

ちなみに水田を耕す作業は、日本だと近所の農家の人から機械や道具を借りられたのだが、ここではそんなものはない。

地道に鍬で耕すのかとちょっとうんざりしていた時、いつも遊びに来る聖獣たちが意外な活躍を見せた。

穴掘りが好きな子たちが、遊びだと思って水田の土を掘ってくれたのだ。できれば全部均等に掘ってほしいとお願いすると、お安い御用だとばかりにやってくれ、あっという間に作業が終わった。まさに耕耘機要らずである。

その後、聖獣たちが水を入れた状態で泥遊びをはじめてしまったのは、かき混ぜ作業だと思って見逃すことにした。

いつか鳥の聖獣に水田の虫を食べてもらい、カルガモ農法にチャレンジするのもありかもしれないと考えている。

そんな聖獣たちは、今日から水田で遊んではいけないと言い聞かせてあるので、遠巻きにこちらを眺めるだけだ。

――作業の邪魔をしなかったお礼に、後でおやつをあげよう。

小梅がそんなことを考えていると、平らに均(なら)された水田を見て、農家の人がさらに疑問を口にした。

「何故水を張るのですか？　畑ではダメなので？」

「この稲というのは麦なんかと違って、元々湿地に生えている植物なんです。だから湿地と同じ環境にしてやる方が生育がいいんですよ」

「なるほど」

農家の人が納得してくれたところで、早速田植え開始である。

小梅はデモンストレーションをやって、注意事項を告げる。

「多少ガタガタになっても構いませんし、疲れたらすぐに交代してくださいねー！」

そうして小梅の号令で全員横一列に並び、一斉に苗を植えていく。

皆泥の中での作業というのが、案外楽しいらしい。

「お前、下手だなぁ！」

「うわぁ、押すなよ！」

そんな風にふざけ合いながら泥まみれになってしまうのもお約束だ。小梅以外は初めての田植えにしては、綺麗に苗を植えられた。

田植えが終われば昼食だ。用意していた料理でちょっとしたピクニックとなる。

「米っていうのは、うめぇなぁ」

だんごを食べたことがあってもご飯は初めてだという人たちが、おにぎりに感心していた。中には米が採れる地域に行ったことのある人もいたが、穀物店のおばさんが言っていた通りお粥みたいなものを食べていて、このように炊いたご飯ではなかったそうだ。

おかずの方も好評で、特に肉の煮込み料理に皆驚いていた。

主婦たちに調理法を聞かれたので、小梅はレシピを教えてあげる。この国はソースの種類が豊富だから、きっと新しい味との出会いがあるだろう。

大いに食べて笑った後、街の閉門に間に合う時間に解散だ。

「皆さん、ありがとうございました！」

「これで来年も美味しいダンゴが食えるなら、俺らも幸せだからな」

頭を下げる小梅に、常連客たちが笑う。

「私たちも、勉強させて頂きました」

礼を言う農家の人たちには、取っておいた稲の苗を渡した。

「水田を作るのは間に合わないかもしれないですけど、大きめのプランターで栽培してみてください。生育を実感できれば、来季に繋がると思います」

そう言いながら差し出された苗を、農家の人たちは大事な宝石であるかのように受け取る。

「ありがたいです、大切に育てます」

「これになった実が、次の苗になりますしね。頑張ってください」

小梅たちは固い握手を交わしたのだった。

このほんの少しの苗をはじまりに、稲作が浸透していくことになる。

そのおかげで、徐々にだんごが庶民の甘味として広まっていくのは、近い未来の話である。


田植えから数日後、ガスコイン家の取り潰しと領地解体、そして聖水の復活が国内外に発表された。

聖水は噴水として開放し、その地を「聖なる丘公園」と名付けて国が管理するという内容に、人々の反応は悲喜こもごもだった。

悲の方は、ガスコイン家の後釜を狙っていた者たちだ。ガスコインが失脚すれば、聖地を有する領地が空く。そこへ滑り込むつもりが、まさかそのまま王家の直轄地となるとは予想外だったようだ。これは王家が一枚上手(うわて)だった形である。

喜の方は、純粋に聖水の復活を喜んだ人々だ。特に砂漠化の被害に直面していた辺境の地の人々がホッとしている。これから聖水を砂漠化した地域に運び、大地に撒いて瘴気(しょうき)を払う作業が行われるそうだ。

そんな国の事情はさておき、現在「なごみ軒」の周辺は建築ラッシュであった。

エイベルが去った後、丘の麓(ふもと)に役所の仮出張所となる小屋が建てられ、職員も派遣された。きちんと計画性をもって公園と周辺商店を造るためだ。

出店したい者は審査を受けた後、「聖なる丘公園計画図」という図面の中の建築許容区域から場所を選ぶ形になるという。

小梅も図面を見せてもらったが、宿泊施設、食堂、土産(みやげ)物屋という風に、種類ごとに区分けしてあった。こうなると、まるっきりレジャーランドである。

中でも急務となったのが、公園の目玉となる噴水造りと、以前から要望の多かったホテル建設だ。そのため、作業員用の建物がまず建てられ、食堂も併設された。それだけ長期間の仕事を見込んでいるのだ。

この建物も作業が終わればなにかの店舗に再利用されるそうだが、まだしばらくはこのままだろう。なにせ丘の上に出店したいという申請が、ひっきりなしに上がっているらしいのだ。

こうして作業音が響き、建築資材を持った人が行き来する中、それらを物珍しそうに眺める視線がある。

丘の上に住みついた聖獣たちだ。

じぃーっ。

「おい、見られてるぞ」

「気にするな、振り向くとさらに増えるぞ」

作業員たちは背後を気にしながらも、木材を組んだり石材を積み上げたり仕事を進める。

聖獣たちはなにかを造る作業が珍しいらしく、興味津々(きょうみしんしん)で作業員たちに纏(まと)わりついていた。可愛いが、正直邪魔だろう。

作業員たちがやりにくそうなので、小梅は聖獣たちに声をかけた。

「ほら皆ー、業者さんの邪魔しちゃダメよー！」

「「「ギャウーン♪」」」

お利口さんな返事が返ってくるが、別の場所に移動しようとはしない。

――要はあの子たち、暇なのよね。

人が増えたことで、遊んでくれるのではないかと期待しているのだ。ならば他に意識を逸らす方法を考えてみるべきだろう。

「ということで、聖獣の餌やり体験とかはどうですかね？」

夕食時、小梅はケネスに相談してみた。ケネスは食事の手を止めて「ふむ」と考えている。

「いいんじゃないか？　聖獣は穢れが浄化された純粋な生き物だから、基本的には人懐っこい」

だから人との触れ合いに適しているのだという。

気を付けるべきは、悪い人間を聖獣に近付けさせないことだそうだ。純粋な生き物故に、悪いものに染まりやすいのである。それも聖水を飲ませてやれば回復するだろうとのことだが、回避できるならしておきたい。

そのため、聖獣との触れ合いコーナーを作り、そこに結界を張って客を選り分けることになった。

この計画を仮出張所の職員に持っていったところ、すぐに承認される。

「建築作業員からも『なんとかしてくれ』とお願いされていたところでして。正直頭を悩ませていたんですよ」

そう言って職員はホッとした顔をしていた。

触れ合いコーナーを囲む柵は、作業員たちがパパッと作ってくれる。

「なんか、仕事以外のことをさせてしまって、すみません」

無償で作業をしてくれる人たちに、小梅は差し入れがてらだんごを持って頭を下げに行く。

「いいってことよ！　これで聖獣様に怪我をさせやしないかって、冷や冷やせずに済むんだからな！」

彼らはそう言って笑っていた。なんとも気の良い人たちである。

こうして触れ合いコーナーができたところで、餌の準備である。用意したのは、日本の犬猫用のおやつを参考にしたクッキーだ。

小麦粉と油と水を混ぜて捏ねただけのシンプルなクッキーだが、聖獣たちは問題なく食べてくれた。

彼らにとって大事なのは味ではなく、聖水が使われていることのようだ。

このクッキーを小袋に入れて一袋銅貨五枚で売ると、早速飛ぶように売れた。皆聖獣と触れ合ってみたかったらしい。

作業員たちもようやく聖獣たちの視線から解放され、胸を撫でおろしていた。

このように店舗はどれも建築途中だが、屋台だともう営業をはじめている店もある。小梅にもようやくご近所さんができたというわけだ。

「やっぱり、他にもお店があるっていいですねぇ」

朝の開店前、小梅はケネスと並んで散歩をしながらそう話す。小梅だって、他の店のものを食べたいのだ。

菓子店「ゲッテンズ」もこの丘に出店予定だそうで、ゲッテンズの息子が店を任されると聞いている。結構な倍率を勝ち抜いたそうだ。

「出店数を絞っているらしいから、賑やかになりすぎないだろうな」

ケネスも公園と周辺の建築中の店を見て、満足そうに語る。

こうして普通に話している二人だが、ケネスが王子だと発覚してからは、当然色々あった。

主な問題は、小梅の『王子様だなんて恐れ多い』という主張である。

しかしこれにケネスが『神子は神に選ばれた者だから、神子の方がもっと恐れ多い』と反論した。

そしてどちらがより恐れ多いかの争いになって、最後には不毛なことに気付いて止めた。

「今まで通りがいいかもしれませんね……」

「そう言ってくれるとありがたい」

というわけで、元の状態に戻ったわけだ。

心の距離が近付いたような、変わらないような、微妙な二人だった。

そんな二人で散歩をしていると、屋台の人から味見をしてくれと言われ、出来立ての串焼きをもらう。それを食べながらそろそろ店に戻ろうかと話していた時――

「……あれ、馬が来た」

丘の麓から、一頭の馬が駆けあがってくる。

乗っているのは白い鎧に赤いマントを羽織っている男で、いつかエイベルが連れていた人たちと同じ装いである。

「近衛騎士が、一体なんの用事だ?」

正体に気付いたケネスが、眉をひそめてその男を見る。

馬を小梅たちの近くで止めると、乗っていた騎士は飛び降り、ケネスの前に跪いた。

「ケネス殿下、国王陛下より伝令を賜っております!」

「父上から?」

訝しむケネスに、騎士は懐に仕舞っていた書状を差し出す。それを開いて目を通したケネスは、大きくため息をつく。

「……はぁ」

「ケネスさん、なんだったんですか？」

暗い様子を見るところに、もしかしたら家族の誰かが病気をしたとか、そんな内容だったのかもしれない。

心配する小梅に答えたのはケネスではなく、伝令の騎士だった。

「自分は、殿下の帰還に供をするよう言いつかっております！」

――へ、帰還？

唐突な話に、小梅は目を見開いて固まる。

ケネスは「余計なことを……」と呟くと、騎士を睨んだ。

「俺は城へは帰らない。先だっての帰還の際、父上には申し上げた。手紙にもそう書いて送ったはずだが」

威嚇を込めたケネスの視線に、しかし騎士は怯まない。

「自分は、命令に従うだけですので。ご意見は直接陛下に申し上げるべきかと」

「文句を言うために、結局帰れと言うんだな。手紙を無視していたら騎士を寄越すとは、面倒なことをする」

騎士の言い分に、ケネスが顔を顰(しか)める。

「供をしろと言われたのはわかったが、俺は帰還するつもりはない。だから一人で帰ってくれ」

「そういうわけにはまいりません」

「なら、勝手に待っていろ。ここに永住することになっても知らないからな。行こうコウメ」

ケネスは半ば投げやりな言い方をして、小梅を促(うなが)して店へと戻る。

——いいのかな、あれで……

不安を抱える小梅を余所(よそ)に、ケネスは本当に帰る気がないらしい。

そしてあの騎士も引き下がらず、店の横にテントを張って粘っている。彼は小梅たちにも職人たちの食堂にも世話にはならず、自炊で過ごしていた。

「全く、父上も面倒な奴を寄越してくれたものだ」

粘る騎士を見て、ケネスがため息をつく。

——あのまま、ここに住み続けたらどうしよう？

困っているのはケネスや小梅だけではない。

公園と神子（みこ）である小梅の安全のために、「なごみ軒」の横には警察の派出所のような兵士の詰め所が建てられている。

その兵士が、騎士にどう対処すればいいのか困っていたのだ。

「近衛騎士様にああして居座られると、怯える者が出てくるのですが……」

兵士が申し訳なさそうに、ケネスへ相談に来る始末だ。

明らかに迷惑をかけている現状に、小梅も悩まざるを得ない。

というわけで、小梅はケネスに提案してみた。

「一旦連れて帰ってあげたらどうですか？　このままだとまずそうですし」

「コウメ、そうやって帰れば父上はなんだかんだと理由を付けて、俺を城から出さないだろう。なにせ、俺がここへ留まるのを猛烈に怒っていた人だからな」

どうやら、国王はケネスが王都を離れるのに反対だったらしい。容認して外へ送り出してくれたのはエイベルで、それも国王の目を盗んでやったとのこと。それは確かに折り合いが悪そうだ。

――なんでケネスさんのお父さんは、ケネスさんを呼び寄せたがっているんだろう？

小梅がそんな疑問を抱いた時。

ガラガラガラ。

丘の麓から馬車が上がってくるのが見えた。

——これまで色々あったし、馬車が来るとなんか身構えちゃうのよね。

しかも護衛らしき人たちが馬で並走しているので、明らかに偉い人の馬車である。屋台の店主や作業員たちも、何事かと馬車を注視している。

「今度はトラブル関係ではありませんように」と祈る小梅の隣で、ケネスが息をのんだ。

「あれは……！」

「ケネスさん、心当たりがあるんですか？」

小梅が顔を覗き込むと、ケネスは複雑そうな表情をしていた。

「……まあ、そうだな。そのうち来るだろうと思っていたが、ずいぶん行動が早い」

そう言って大きく息を吐く。

一体誰が来たのかと小梅が問う前に、目の前で馬車が止まった。

——乗っているのは、どんな人だろう？

小梅がドキドキしていると、馬車の窓が開いた。

「おうおう、なかなか賑わっておるではないか」

窓から顔を出したのは、好々爺といった感じのおじいさんである。

その姿を見たケネスは、馬車に歩み寄り一礼した。

「ご無沙汰しております、お祖父様」

「元気そうだな、我が孫よ」

どうやらケネスの祖父らしい。ということは――

――もしかして、元国王様⁉

えらい大物が来てしまった。いや、まだ母方の祖父という可能性もある。それだって偉い人であることには変わりないが、そちらの方がまだマシだろう。

小梅が現実逃避をしていると、ケネスが振り返った。

「コウメ、俺の祖父で先代の国王陛下だ」

あっさりと明かされてしまった。

「忍び故、静かにな」

先代国王だというその人は、「シィーッ」と口元に人差し指を立てて、ニコリと笑った。

「じっとしておられんでな、飛び出してきてしまったよ」

そう言われても、迎えるこちらとしては「そうですか」では済まない。

「先触れくらい出してください」

「すまんな、どうにも気が急いて」

ケネスの苦情にも、笑みを返すばかりだ。

――この国の王族って、突撃訪問が好きな人ばかりなの？

小梅が疑ってしまうのも、無理のないことだろう。

「あの、ここで話すのもなんですから、お店へどうぞ」

小梅はそう言って、店内に案内する。

「この国では見ない建物で、なかなか趣があるな」

先代国王はまず、この国では珍しい和風建築をじっくりと眺める。家族の思い出が詰まった家を褒められるのは、とても嬉しい。

初っ端から貶してきたデニスとは大違いだ。

「ここはだんご屋なんですけど、おだんごを食べられますか？」

「もちろん、噂のダンゴを食べたくてきたんだとも。だがその前に……」

続けて先代国王は、意外なことを頼んできた。

「セルマ様を弔う祭壇があると聞いたので、できれば彼女に祈りを捧げたい」

祭壇というのは、仏壇のことだろう。恐らくはケネスから聞いたのだろうが、お参りしたいと言われるとは思っていなかった。

驚く小梅に、先代国王は穏やかに微笑む。

「私はな、セルマ様にお会いしたことがあるのだよ。お美しい方で、これが神に愛された方かと見惚れたものだ」

　小梅はこの話に目を見開く。

「……おばーちゃんを、ご存じなんですね」

　ならば祖母も、彼に会いたいかもしれない。

「ぜひ、御線香をあげてやってください。あ、でも仏間はそれほど広くないですから、全員は部屋に入らないです」

　そう小梅が告げると、「ではケネスだけ連れていく」と護衛たちを下げた。

　――強いもんね、ケネスさん。

　護衛なら彼一人で十分だろう。

　というわけで、仏間に案内する。

「どうぞ」

　室内を覗き込んだ先代国王は、すぐに仏壇に飾られた祖母の遺影に気付く。

「おお、これがセルマ様のお姿か」

　彼は屈んで顔を近付け、目を細めた。

「老いてもなお、輝きを放つそのお姿。幸せそうで……」

　じっと見つめるその目には、涙が滲んでいた。

祖母と同世代の先代国王は、彼女がこの国で直面した不幸の目撃者でもある。どのような感情が渦巻いているのか、小梅には計り知れない。

「どうぞ、座りやすい格好で結構ですよ」

「そうか、では……」

先代国王は仏壇の前に跪き、祈るような仕草で目を閉じた。

しばらくして目を開けた彼は、小梅に問いかける。

「セルマ様のお墓は、どちらかな？」

「……おばーちゃんはここではない場所で、おじーちゃんと一緒にいます」

そう、祖母の遺骨はすでに稲盛家の墓の中にある。

通常は四十九日の後に墓に入れるらしいが、一人残された小梅の負担を減らすためにこうしたことは一気に済ませた方がいいと、近所の人たちが助言してくれた。幸いにもお寺の住職も了承してくれたので、早めに納骨を行うことができたのだ。

今となっては、そのおかげで祖母は祖父と同じお墓に入れたので、助言してくれた近所の人たちに感謝である。

このことを語ると、先代国王は目を細めた。

「そうか、人との縁に恵まれ、愛する方のもとへ逝けたのか。良かった、本当に良かった」

心の底からそう思ってくれている態度に、小梅は胸の奥がジーンと温かくなる。

それを見てケネスが教えてくれた。

「お祖父様は消えた聖地の復活と共に、行方の知れぬ神子セルマの安寧を神に祈っておられたのだ」

「セルマ様が自ら姿を消したのならまだいい。だが、万が一誰かに攫われていたとしたら。その可能性を思うと夜も眠れなかった」

先代国王はそう言い、両手で顔を覆う。

「どれほど手を尽くして探しても、セルマ様は見つからなかった。これは神によって隠されたのだという結論に至ったが……それでも心は晴れなんだ」

「おばーちゃんのことを、そんなに……」

祖母が消えておよそ五十年。それだけの長い間、祈り続けてくれていたなんて。

ケネスやエイベルの話によると、祖母はこの世界で不幸な生活を強いられていたようだった。しかし、こうして祖母の身を案じてくれていた人もいる。周囲の人皆が敵ではなかったのだ。

「そのお気持ちは、きっとおばーちゃんに届いていると思います」

――そうだよね、おばーちゃん。

服越しにペンダントを握ると、それがきらりと光った気がした。

祖母へのお参りが済んだ先代国王に、小梅は改めてだんごを勧めた。

「ぜひ、おだんごを食べていってください。おばーちゃんがおじーちゃんと二人で作った味なんですよ！」

湿っぽくなった雰囲気を吹き飛ばすように、小梅は明るく言う。

祖母はいつも明るく前向きな人だった。だからいつまでも湿っぽいのを引きずるのは良くない。

「もちろんだよ、それを楽しみにやってきたのだからね」

先代国王はケネスに手伝ってもらいながら立ち上がり、ニコリと笑う。

三人で店舗部分に戻ると、まだ客は来ていないらしく、お供の人たちが直立不動で立っていた。

――座っていてくれて良かったのに。

「真面目だなぁ」と感心しつつ、座敷に移動するよう促す。

「だんごセットでいいですか？」

「ああ、ぜひそれでお願いしたい」

小梅が注文を聞くと、先代国王はワクワクした顔で頷いた。連れの人たちは交代で食べるらしく、まとめて置いてくれればいいとのことだった。

「じゃあ、これでもつまみながら待っていてください」

小梅はそう言ってクッキーを入れた皿をテーブルに置いた。朝の開店に合わせて焼いたので、まだ焼き立てホカホカだ。

「もしや、これが話に聞いた甘くない焼き菓子か⁉」

先代国王が興味を示し、早速一つ口に入れる。

「うむ、ジャリッとしなくて香ばしい！」

案の定、菓子の感想がおかしい。

「兄上も大層気に入りまして、コウメにレシピをもらって帰っていました」

そう、エイベルはお茶会でこの焼き菓子を食べたいと言って、プリンのレシピと一緒にクッキーのレシピも持ち帰ったのだ。

ちなみにそのプリンだが、なんと城の晩餐会（ばんさんかい）でお披露目されたとエイベルから報告があった。日本では庶民のデザートだったのに、ものすごい場所でデビューをしたものだ。

エイベルの抜け駆けを聞いて、先代国王は大いにショックを受けた顔をした。

「なんと、ずるいぞあやつめ！　そんなことは一言も聞いておらん！」

あの砂糖の塊は、よほどお茶会出席者を苦しめてきたようである。

そうして盛り上がっているのを余所に、小梅はだんごを用意する。

聖水の件が公表されて人が増えたのをきっかけに、小梅はだんごの種類を増やしていた。この国で採れる豆から作ったオレンジ色の餡子のものや、洋菓子風にアレンジした見た目が可愛いものなどがある。

それらの中から好きなものを三本選んでもらい、抹茶と一緒に出した。

先代国王はまず、みたらしだんごをじっくりと観察し、口に運ぶ。目を閉じて、ゆっくりと噛み締めた後、ポツリと言った。

「これが、セルマ様が伴侶の方と生み出した味なのか……」

「そうです、味は昔から変えていません」

だんご自体の味とはまた違ったものを感じているのだろう先代国王に、小梅はそう告げる。

「なんとも言えない絶妙な弾力に、複雑に絡み合う甘みと塩味のハーモニー。実に見事だ……まさに真の芸術がここにあるといえよう」

ケネスやエイベルのみならず、その祖父までも大仰な語り口だ。だんごで語るのは、どうやら血筋のようである。

そう思うと、偉い人だと緊張していたのが、少しだけ楽になった。

「食べ物で感激するとは。この味は人生で一番の感動だ」

「そう言って頂けると、きっとおばーちゃんも喜んでいます」

二人は互いに微笑み合う。

残るだんごもゆっくりと味わい、抹茶で喉を潤した後、先代国王がしみじみと言った。

「それにしても、エイベルの奴から話を聞いた時には驚いた。神殿を建てるのではなく、公園にしてしまうとは」

店のガラス越しに見える公園の建設が着々と進む様子に、先代国王がため息をつく。

「やはり年寄りはいかんなぁ、つい昔の考え方をしてしまう。もしセルマ様が戻られたら、どうやって大臣どもや神殿から守ろうかとばかり考えていた」

昔を覚えている人の中には、神殿復活と神子の捜索を願う者がまだいるらしい。彼らをどうやって退けようかと、現国王ともその議論に集中していたという。

自身の在り方を反省する先代国王に、ケネスが首を横に振りながら声をかける。

「お祖父様、それは俺も同じです。コウメがこうして店を構えていたからこそ、神子や神殿なんていらないのでは、と考えることができたのです」

聖水は噴水だけに留まらず、そこから小川を造り丘の麓の川に合流させ、そうしてこの大地を巡らせていく。

それこそが聖水としての正しい循環であり、神殿にだけ留め置くのは神の意思に反する――ケネスとエイベルはそう考えているという。

丘の麓の神殿跡もいずれは片付け、石碑だけを置くことになるそうだ。

「これからは若者たちが国を動かしていく、ということだろうな」

未来を託される者たちの頼もしさに、先代国王は目を細める。そしてそんな若者の一人であるケネスに視線をやった。

「それにしてもケネスよ、王より城へ帰還せよと言われているのではないかね？」

「それは……」

先代国王の発言を聞いて、ケネスが一瞬沈黙する。

「帰りませんよ、俺はここにいます」

しかしすぐに断言したケネスに、先代国王は面白そうな顔をした。

「お前は優れた特級魔法の使い手だ。聖地の問題が解決したならば早く城に戻す方がいいと、王が喚いておったぞ？」

――特級魔法の使い手？

以前、そんな言葉を客たちが言っていた気がする。やはりケネスの魔法はすごいものだったのか。

「知りませんね、そんなこと。俺にはまだここでやることがありますし、なによりここが気に入ったんです。たまに帰ってやるのはやぶさかではありませんが、帰還命令は無視します」

きっぱりと言い切るケネスに、先代国王が顎（あご）を撫（な）でて考え込む。

「……珍しいな、いつものらりくらりとかわすような態度だったお前が、そんな風に言うとは」

――のらりくらりな態度？

小梅は首を傾げる。

ここでのケネスは、先代国王が言うような掴みどころのない人ではない。確かに感情を露（あら）わにしない人ではあるが、自己主張はちゃんとしていた。

夕食になにを食べたいかと聞けば具体的なメニューを言ってくるし、新作だんごの開発で味見を頼めば足りない味を教えてくれる。出かける際になんの肉が欲しいかも気にかけてくれるし、川で魚だって採ってきてくれる。

――あれ、食べ物関係しか浮かばなかったかも……

食べ物以外で自己主張をするケネスの姿を思い出そうとしていた小梅は、先代国王がちらりと視線を寄越すのに全く気付かない。

「いくら公園を造ることで神殿建設を回避したとはいえ、良からぬことを企む輩はまだいるな」

先代国王の言葉に、ケネスは頷く。

「そうですね。実際今でも日に数人、結界に弾かれていますから」

そう、毎日のようにケネスに捕らえられて兵士に突き出される面々が来るのだ。

しかも、彼らに尋問すると、大抵が『ここの店主を攫ってくるよう依頼されたんだ』と答える。

「恐らく、ガスコインの残党でしょうね」

彼らの雇い主を、ケネスはそう推測する。

現在、ガスコイン一族は捕らえられ、裁きにかけられている最中だ。

しかし悪事の全てをガスコインたちだけで行えたはずがない。彼らの他に汚れ仕事を請け負っていた人物がいたようなのだ。

その人物が仕掛けてきているのではないか、とケネスは見ている。

「コウメの身柄と引き換えに金を要求するか、他国の金持ちに売り飛ばすか。どちらにしろ、成功するはずがないのに馬鹿な奴です」

いる。

というのも、小梅のペンダントにもう一つ小ぶりな石が追加されているのだ。この石にはケネスが店と同様の結界を仕込んでおり、悪人は小梅に近付けないようになっている。

それでなくても、小梅が外出する際には必ずケネスがついてくるのだから、敵は飛んで火にいるなんとやら、というわけだ。

ということで、ケネスがいるおかげで小梅の安全は保たれている。

「自分を帰還させたいのなら、代わりの特級魔法の使い手を寄越せ、お前はそう言いたいらしいな」

「コウメの安全のために当然の取引です」

「なにか問題でも？」と言いたげな表情をするケネスだが、先代国王は顔を顰（しか）める。

「癖のある特級魔法の使い手が、護衛なんぞ引き受けるものか」

この特級魔法の使い手というのは、国内に数人しかいない希少な人材である上に、束縛を嫌う人が多いのだという。

そんな人たちに「とある娘の護衛をしてくれ」と言って、素直に引き受けてもらえるはずがない。

「それに」とケネスは言葉を続ける。

「どうせ父上は周りに味方を置きたいだけでしょう」

国王はケネスを身近に置いておけば安心できるという思惑もあり、帰還命令を出したのだそうだ。

「俺の存在はそれなりに脅威だからな」

ケネスが皮肉気に笑う。

——確かに、ケネスさん強いからなぁ。

なにせ、一人で軍隊を無力化する力があるのだ。頼りにしたい国王の気持ちもわかる気がする。

「つまり、国王様がそれだけ頼りにしているってことじゃないんですか?」

小梅が窺うように言うと、ケネスは肩を竦めた。

「そうだったら俺も一度は帰ったかもしれない。けれど父上はコウメの純粋な気持ちとは違う。劣等感の裏返しだ」

「劣等感、ですか?」

国王という国で一番偉い地位にいる人に対して、劣等感という言葉はピンとこない。

首を傾げる小梅に、ケネスは説明する。

「父上は元々研究者気質で、策略で渡り歩くのに向いていない人だった」

その上、父は国を建て直した偉大な先代国王で、息子は政治向きの性格の兄と魔法の才があった弟。国民から王家を見た時、自身の個性が埋没しがちなのは否めなかったという。

――なんか、日本で聞いたことのある二代目社長の苦悩みたい。

本人も頑張っているのに、創業者の父が偉大すぎて認められないというジレンマだ。昔からの社員が多く残っていると、なにかにつけて先代と比べられるという地獄が待っていると聞いたことがある。

そんな苦悩を抱えながら、それでも現国王がそれなりに頑張っていた時に、やらかしたのがガスコインだ。

「父上はガスコインを抑え込めなかったことに、引け目を感じているのだろうな」

ケネスの核心を衝く意見に、先代国王は苦笑する。

「あれは仕方がない。ガスコインは上に立つ者としての資質は皆無だったが、人脈だけは強力だったからな。儂もあやつらの無茶を撥ねのけるのに苦労した」

先代国王曰く、聖地と神子が消えた際、ガスコインが返上を申し出たのは聖地のあった丘だけではなかったという。ガスコイン領全てを国に返し、その代わり他の栄えている土地をもらおうとした。厚かましいにもほどがあるが、当時はそれがまかり通るだけの影響力があったというわけだ。

「あ、じゃあもしかして、王都が聖地と離れているのも……」

「数代前のガスコイン領主の仕業だよ」

小梅の疑問に、先代国王が答えてくれる。

元々王都はここにあったらしいが、ある時期、『聖地が王のものであるように思えて、神に対して不敬である』との論調が世間で強くなり、聖地の隣に移った。

そして聖地のある地の領主になったのがガスコインである。彼は聖地が生み出す莫大な富で力を得ると、一々指図してくる国王を疎ましく思い、色々と難癖をつけて遷都という形で王都をさらに遠くに追いやったという。

それだけの権力があったというから、驚くべき話だ。

もしかして昔のガスコイン領主は、自分こそが真の国王だという考えだったのかもしれない。その気風が今に受け継がれているとしたら、デニスの横暴さも頷ける。

しかし先代国王はガスコイン領主の圧力を撥ねのけ、聖地跡だけを返上させた。そのおかげで、強大な影響力は一地方領主相当にまで落ちたのだという。

それがまた横槍を出しはじめたのは、現国王の抑え込む力が足りなかったせいだと周囲に噂され、国王はいじけているそうだ。

「事件を無事に収めたのですから、周囲になんと言われようと気にしなければいい。兄上の活躍だって自分の手柄だと思えばいいのです」

けれど、そうはできないのが劣等感というものだろう。

そして周りから舐められないためにはやはり強い力——つまりはケネスを側に置いておく方がいいと考えた。

思いっきり他力本願だ。それが悪いとは言わないが、ケネスの立場からすると微妙な気持ちになるのもわかる。

——なるほど、ケネスさんが嫌がる理由がわかってきたかも。

要は、ウジウジとする父親の姿を見ていたくないのだ。ケネスの言う通り、国王家業に向いていなさそうである。

「王でいることが辛いのであれば、その手のことが得意な兄上に譲ってしまえばいいんです。人には向き不向きがあるんですから」

そう言い放つケネスに、先代国王はやれやれと肩を竦(すく)める。

「それで言えば、お前は城での生活は向かなかったわけだな」

「そういうことです」

ケネスの意思が固いと見て取った先代国王は、諦めたようにため息をついた。

「聖地と神子を守護する者は必要だ。その任につくのはお前が最適だと、あやつには言っておこう」

「お祖父様のお力添え、感謝いたします」

ケネスの満面の笑みという珍しい現象に、先代国王も目を丸くした。

それから先代国王は公園内を視察するそうで、護衛を連れて出かけていく。

特に楽しみなのが、聖獣との触れ合いらしい。聖獣に与えるおやつを買って、ホクホク顔である。

先代国王を見送り二人になった店内で、小梅は窺うようにケネスの顔を覗き込む。

「ケネスさん、本当に帰らなくていいんですか？　王都には家族がいるんでしょう？」

家族だけではない。ケネスは曲がりなりにも王子なのだから、婚約者とかも待っているのではないか。小梅は今更ながら、この可能性に気付いてしまった。

だとしたら、一つ屋根の下で暮らしている自分の存在はなんだろう。お邪魔虫か、はたまた横恋慕か？　どちらにせよ、婚約者にとっては気分の良い存在ではないだろう。

――だったら私がケネスさんを追い出すべきなの？

けれど親しんでしまったケネスと別れるのは寂しい。日本で祖母と暮らしている時は気付かなかったが、自分がこんなに甘えんぼうだったとは驚きだ。

小梅は料理もだんご作りも好きだ。どんな味になるのかを想像しながら、手間暇かける時間はとても楽しい。しかしその楽しい時間も、一緒に食べてくれる誰かがいないとたんに虚しくなるのだと、祖母を亡くして初めて知った。

せっかく祖母が好きだった思い出の料理を作っても、一人だと美味しくともなんともない。

そして寂しくて仕方なかった時に、ケネスは現れたのだ。

ケネスが最初に食べた小梅の料理は、みたらしだんごだった。だんごの感想を熱く語っている姿を見て、小梅は『ああ、これが幸せだ』と思った。

誰かが小梅の料理で幸せになってくれたら、作った小梅にもその幸せがおすそ分けがされる。だから小梅が幸せになるには、食べてくれる人が必要なのだ。

そしてできれば、その幸せを分かち合う人はケネスがいい。

小梅に沢山の幸せを分けてくれる人――それがケネスだから。

なのにケネスが去り、またこの家に一人きりになったら、寂しくて泣き暮らすかもしれない。

――一人の食卓は、もう嫌だなぁ……

小梅はつい、その様を想像して落ち込んでしまう。

「こら、コウメ」

突然、ケネスが小梅の髪をグシャグシャにかき混ぜた。

「なにするんですか、もう！」

「今、変なことを考えただろう？」

お見通しだと言いたげなケネスは、初めて会った時に比べると表情が豊かになった気がする。

「変なことっていうか、王都で婚約者とか待っていないのかなって……」

小梅の心配事を、ケネスは鼻で笑う。

「いないぞそんなもの。俺は変わり者で知られているからな、好き好んで寄ってくる女なんかいない」

そう言われても、小梅はここでのケネスしか見ていないので、王都でどんな風に噂されているのかわからない。

「俺は人に囲まれて暮らすことが大っ嫌いでな」

ケネスは感情を表に出すのが不得手で、人付き合いも苦手だが、王子である以上はそれなりの付き合いというものが発生する。

ケネスのお世話をする人も当然いるし、その他なんやかんやと大勢寄ってくる。それこそ、あわよくば王子の嫁に納まろうとする娘たちもいたらしい。

フィールドワークが趣味で、基本一人でフラフラしているのが好きなケネスは、そんな人たちに気を使って暮らすのがとても苦痛だったそうだ。

「王子って偉いんだから、無視しちゃえばいいんじゃないんですか？」

小梅は簡単に考えたが、そうはいかないものである。

「俺の態度に不満を覚えたどこぞの輩が抗議をしてくると、それが会議で議題に上がり、事情を話すために時間を取られる。その無駄な時間を取られないために、ある程度の気配りは必須なんだ」

「……なるほど」

「だが、結婚適齢期と呼ばれる年齢になると、見合いなどの予定が詰まって、趣味の探索にも満足に出かけられなくなった。窮屈さが極まったところで、もう嫌になって城を飛び出したんだ」

「え、それって家出ってことですか？」

「周囲の制止を振り切って出たという意味では、家出同然だろうな」

それでエイベルから、『どうせ外で暮らすなら、なにか身になる研究をしろ』と言われ、だったら誰も寄りたがらない魔獣の森でも研究するかと思い立ち、今に至るのだそうだ。

「こうしてコウメと出会えたのは、兄上の意見のおかげということだろうな」

もしケネスが別の場所を調査していたら、小梅はどうなっていただろう。もしかしたら危ない目に遭っていたかもしれない。

けれど偶然にもケネスがこのあたりにいた時に、小梅はこの世界にやってきた。

——それこそ、神様の思し召しってやつなのかも。

小梅はそんな風に納得する。

「ここは煩い奴がいないし、身も心も安らぐ。調べることはまだまだあるしな。それに——」

ケネスが小梅の顔を覗き込んだ。

「コウメは一人にするとすぐに寂しがるから、側にいないと気になるだろう？」

からかうでもなく、とても真面目に言われた。

「さっ、寂しいっていうか……！」

小梅は今まさに想像して寂しく思っただけに、図星を指されてアタフタする。

「夜中に祖母殿に語りかけるコウメの姿は、いつも少し寂しそうに見えた。無理もない、亡くなってからまだ時間が経っていないのだから」

——ケネスさん、見てたんだ……。

毎日、夜にこっそり祖母と話をしていたのを見られていたなんて、少し恥ずかしい。

「コウメと初めて会った時、子供かと勘違いした。だから、俺としては保護する意味合いもあって一緒に生活していたんだが、コウメは保護すべき子供ではなかった。すぐに、味わったことのない美味しい甘味や料理を生み出す職人であるとわかったんだ」

「ケネスさん……」

自分のことを、そんな風に見ていたなんて。最初はやはり子供扱いされていたのだとわかってしまったが、それでも職人と認めてもらえたことが嬉しい。

「コウメは見知らぬ異郷の地で、懸命に生きようとしている。できれば、なんの憂いもなくここで暮らしてほしいと思う。そのために、俺はできるだけの手助けをしたいんだ」

小梅は感極まり、言葉にならない。

そんな小梅を余所に、ケネスがさらに続けた。

「それに将来、『ダンゴを広めた伝説の人物』についての手記を出すのもいいかもしれない。コウメはこの世界の歴史に名を刻むはずだからな」

「……はい？」

感動の話だったのが、変な方向に転がった。

フィールドワークが趣味だと言うケネスだ。もしかして小梅のことも調査対象として見られていたのだろうか。

「私の観察記録とか、つけてないですよね⁉」

「さあ、どうだろうな？」

ケネスはそう言ってはぐらかす。

「ほら、客が待っているぞ」

「ケネスさんが意地悪だ！」

むくれる小梅の頬を、ケネスが笑いながら指で突いた。

ケネスがこれまで通り「なごみ軒」に滞在することが決まり、先代国王も視察も終えて王都へ帰ることとなった。

——エイベルさんみたいに、泊まるって言われたらどうしようかと思っちゃった。

見送るために店先に出た小梅は、内心でホッとする。

「皆、お見送りするよー！」

「「「グオ？」」」

小梅が声をかけると「呼んだ？」とばかりに聖獣たちが近寄ってくる。

「おお、可愛いのぉ。また来るから儂を忘れんでくれよ？」

先代国王は餌やりで聖獣たちに囲まれたことがとても幸せだったらしい。この分だと結構な頻度で通ってくるかもしれない。

先代国王と共に、例の騎士も帰ることとなった。

テントを片付けて先代国王の背後に控える彼は、思えば悪いことをしたわけではない。命令されたことを全うしただけだ。周囲の迷惑になっていることは本人が一番わかっていただろうし、居たたまれない思いをしたに違いない。

——このままお別れって、良くないよね。

「あの！　騎士さん！」

小梅に声をかけられると思っていなかったのか、騎士は驚いていた。

「なんでしょうか？」

しかしすぐに真面目な顔に戻った彼に、小梅はニコリと笑う。

「次に来る時は、ぜひおだんごを食べていってくださいね！」

小梅から「また来ていい」という意味合いの言葉をもらった騎士は、目を丸くした後、嬉しそうに破顔した。

「……はい、妻と子供を連れて食べに来ます」

「それと！」

深々と頭を下げる騎士に、小梅は続ける。

「国王様にも、ケネスさんと家族の語らいをする分には、いつでもご来店をお待ちしておりますと、お伝えください！」

これには、騎士だけでなくケネスも驚く。

「コウメ……」

「家族と不仲のままだと、絶対に後悔しますよ！」

「それは……」

なんと言うべきかと悩むケネスに、小梅は腕組みをして見上げる。

「はっはっは！」

そのやり取りを見ていた先代国王が高らかに笑った。

「ウチの男どもよりも、コウメの方がずっとしっかりしているじゃないか。なあケネス？」

ケネスがバツの悪そうな顔をする。

「……父上が変なことを言わないのならば、俺だって世間話くらいは付き合いますよ」

ケネスが父親に対して譲歩する態度を見せた。家出青年も少しは折れる気があるらしい。彼なりに、不仲であることを気にしていたのだろうか。

そんなケネスの様子に、先代国王はまた笑う。

「良かろう！　では儂があやつに『甘いものでも食べてこい』とでも言って、王城から叩き出してやろう！」

その言葉に小梅も笑顔になる。

「いいですね！　おだんごは、話をする時のお茶請けにピッタリですから。きっと話が弾むと思います！」

家族なのに、戦力だなんだという話ばかりでは悲しすぎる。そんな話よりも、もっと語るべきことがあるはずだ。例えば、だんごの美味しさについてとか。

――甘いものを食べながら話すと、喧嘩になりにくいよね！

国王だって、ここで美味しいものを食べて家族や聖獣たちと触れ合えば、きっと暗くて後ろ向きな気持ちも吹き飛ぶはず。

人間誰しも、不安になったりするものだ。

小梅も不安に襲われて落ち込みそうになった時、ケネスの優しさと聖獣たちの愛くるしさが励ましてくれた。

ケネスが隣にいて、聖獣におしくらまんじゅうのように囲まれると、小梅は自然と不安も悲しみもなくなって、幸せになる。そしてその幸せな気分を、誰かにおすそ分けしたくなるのだ。

そんな気持ちを込めてだんごを作って、お客さんが笑顔になればまた嬉しくなって。こうして幸せというものは廻っていくのかもしれない。

だからそんな幸せのおすそ分けが、国王にも届けばいい。

――そのためにも、ケネスさんと二人で頑張るからね、おばーちゃん！

遥か空の彼方から見守っているであろう祖母に向けて、小梅は固い決意を語る。その姿を隣でケネスが眩しそうに見つめていた。

そんな話をしていると、馬車の出立の準備が終わった。

「色々と名残惜しいが、出立しようかの。今後も儂の家族が来ると思うが、その時はよろしくな」

馬車の前で挨拶する先代国王に、小梅は告げる。

「はい、『なごみ軒』はどんなお客様でも大歓迎です！　ケネスさんや聖獣たちと一緒に、お待ちしております！」

「「ガウ！」」

小梅が元気よく頭を下げると、聖獣たちまで申し合わせたように鳴いたのだった。

# エピローグ

春の日差しの中、一台の馬車が道を走っている。

「ママァ、おだんごやさんまーだぁ？」

馬車の中では可愛らしい女の子が、隣に座る母親に尋ねる。この質問は朝から十回もされており、母親は苦笑する。

「もう少しよ。この森を通り過ぎたら丘が見えるから、そこまで待っててね」

十回目の「待っててね」を聞いて、女の子は恨めし気な顔になった。

「うー、はやくたべたいなぁ」

女の子は、以前叔父からお土産（みやげ）だと言われて渡されたダンゴを食べて以来、ダンゴに嵌（はま）っているのだ。

彼女が住んでいる王都にもダンゴ屋はあるものの、『あのおだんごじゃない！』と味の違いを察知してしまい、「あの」ダンゴ屋に行くことを夢見ていた。

それがいよいよとなっては、待ちきれないのも当然といえよう。

じりじりとした思いで到着を待つ女の子の耳に、御者の声が聞こえてきた。

「『聖なる丘公園』が見えてきましたよ」

「ほんと!?」

目的地が目の前だとわかり、女の子は馬車の窓を開けて前を見る。

「身を乗り出すと危ないわ！」

母親は女の子が窓の外に転げ落ちないように、慌てて服を掴む。

けれど、目の前の光景に釘付けだった女の子には、母親の声は届いていない。

まず彼女の視界に入ったのは、色鮮やかな丘だった。咲き誇る花々が丘を染め上げているのだ。

「きれい、きれいねぇ！」

興奮する女の子に、母親が笑いながら言った。

「そうでしょう？　あなたのお父様と叔父様が、苦心して造られた公園ですからね」

やがて馬車は公園内に入っていく。

公園の象徴である噴水が水しぶきを上げ、その水が小川を流れゆく音が心地良い。噴水の周囲にも色とりどりの季節の花が咲き、まるで楽園のような景色である。

その景色の邪魔をしないように、ホテルや様々なお店が工夫を凝らした外観で並んでいる。この公園にある店はどれもがその業界の有名店ばかりで、ショッピングも訪れる人々の楽しみの一つだった。

そんな公園の中に、異国風の建物が一軒ある。木造の古びた佇(たたず)まいで、その一角だけ雰囲気が違う。

あれこそが目的のダンゴ屋――「なごみ軒」である。

「ほら、あれがダンゴ屋ですよ」

「ほんと!? やったぁ！」

母親がそう教えると、もうすぐ夢が叶うのだと女の子の目が輝いた。

その時――

「プイップ！」

どこからかピョーンと飛んできた物体が、馬車の屋根に乗る。女の子の視界に、白い兎(うさぎ)の姿が見えた。

「あ、兎(うさぎ)さん！」

「おや、聖獣ですな。良かったですねお嬢様、兎(うさぎ)殿が出迎えに来てくださったのですよ」

「きゃー！ 可愛いねぇ！」

「プイプイ！」

喜ぶ女の子の頭の上に、兎がピョンと飛び乗る。その重さで落ちてはたまらないと、母親が慌てて馬車の中に引き込む。すると、兎までついてきた。

「あたしね、おだんごをたべにきたのよ！　いいでしょう！」

頭にへばりつく兎に、女の子が自慢をする。

「プーイー！」

兎が「いいなぁ」と言っているかのように鳴くので、女の子は「ちょっとだけならわけてあげる！」とお姉さんぶって胸を張った。

母親はその様子を微笑ましく眺め、次いで馬車の外の景色に気付く。

ダンゴ屋の前に背の高い金髪の男と、小柄な黒髪の女が並んで立っていた。

「ほら、叔父様と奥方様が出迎えてくれていますよ」

母親が教えてやると、女の子は再び窓から顔を出した。

「けねすぅ、こうめぇ！」

兎を抱き締めてブンブンと手を振る女の子に、女が大きく手を振り返してくれた。

「ようこそ、『なごみ軒』へ！」

# 客人来たる

書き下ろし番外編

「皆～、おやつがあるよ～！」

「「「ガフ？」」」

小梅が呼びかけると、それぞれに遊んだりゴロゴロしていたりしていた聖獣たちが、一斉に集まってきた。

今小梅がいる場所は「聖なる丘公園」の上にある隠された泉、この国で聖地とされている場所だ。

麓の公園に下りてくる聖獣もいるが、泉の側に張り付いて動かない聖獣もいるので、閉店後、こちらの聖獣にもおやつをあげに来ている。

いつもならば小梅一人、たまにケネスがついてくることもあるのだが、今日はいつもより早い時間の上、ケネス以外の人たちも一緒だったりする。

「まあまあ、可愛い聖獣ちゃんたちがいっぱいいるわぁ♪」

小梅の隣でそう言っておっとり笑っているのは、緩いウェーブのかかった長い金髪が眩い美女。本人的には外歩きに適した格好であるようだが、小梅からすると「ドレスだよね？」と思うほど豪奢で重そうな服は、庶民が着るようなものではない。

この豪奢な美女の正体は、ケネスのお姉さんである。

先だっては国王のお供でケネスの双子の兄姉がやってきたけれど、こちらは外国に嫁いでいる姉だそうだ。小梅はこれでケネスの四人の兄姉全てと会ったことになる。

「おやつ、あげてみますか？」

「まあ、いいんですのっ⁉」

小梅が提案すると、お姉さんはキランと目を輝かせてクッキーを白熊くんにあげた。

彼女は小さい動物より、大きな動物を好むようだ。特に泉には、公園の触れ合いコーナーでは見られない聖獣も多いので、見応えがあるのだろう。

一方で、

「聖水で植物を育て、聖水の力を凝縮させるとは素晴らしい。そもそも聖水で農業をするという発想はなかったですね」

お姉さんの背後では、壮年の男性が忙しくペンを走らせながら、そのようにブツブツ言っている。

「コウメはそもそもこの泉を聖水だと思っていなかったんです。単なる水源だと考えていたからこそでしょう」

その男に、ケネスが説明している。

何故ここに客人二人がいるのかというと、実はお姉さんが嫁いだのは聖地を有する国で、その国の神殿からは定期的に、消えた聖地の調査のために人が来ていたそうだ。そこに突然「聖水が復活した」という連絡があったので、こうして実際に見に来たのである。というのも、長く調査に協力してくれたこれまでの恩に報いる意味もあって、彼らにだけは「内密」という約束で、聖地と神子の存在を明かしたのだ。

密かに入国したこの男は神殿長であり、お姉さんは神殿長訪問のカモフラージュのために同行したらしい。

「聖地が復活したというのは、とても重要なことです。聖地が消えるリスクは、どの聖地も有していますからね」

そう話す神殿長によると、聖地が消えたのはこれが初めてではなく、過去にも一度あったのだという。

調査に協力してくれたその国の神殿だけには内々で復活の経緯を話し、小梅には「万が一の事態を防ぐ手立てを考えるのに協力してほしい」と、国王の名前入りの手紙で告げたのである。

　小梅としても、神子だなんだと祭り上げられるのでなければ、「なごみ軒」ができた経緯を話すくらいどうということはない。

「過去の聖地消失も、神のなんらかの怒りに触れたのでしょうね。神を恐れて各国の公式文書にはなにも記されず、今ではその国自体が滅びてしまい、知るのは神殿の口伝のみとなってしまいました」

　この国もいずれはそうなるかもしれないとの思いが、神殿長にはあったらしい。それがこうして復活したというのだから、驚いたそうだ。

「この先、我が国でも愚かな行いをする者が出ないとも限らない。だからこそ、復活の記録を残しておきたいのです。過去に聖地が消えてしまった国の情報を残さなかったのは、悪手であると考えています。伝わっていれば、誰かが悪事を思いとどまらせることができたかもしれないのに」

　そう語る神殿長の目は真剣だ。歴史の研究者でもあるそうで、語り口調は確かにそれっぽいと思う小梅だった。

「それにしても、聖地を有する国であっても、聖水の恩恵を大地の端々にまで行き渡らせることは困難です。それ故に我が国も国の外れに行けば魔獣が多くいるのですが、なるほどこの手がありましたか。食糧という形をとれば、運ぶのは容易です」

神殿長の言葉に、小梅も頷く。

「確かに、水だと運ぶ途中でこぼれたり蒸発したりしそうですよね」

加えて、彼の国は国土の半分が砂漠なのだそうだ。ちなみに聖地はオアシスになっているという。それではなおさら水が行き渡らなそうである。

「ですが、我が国ではダンゴを広めるのは少々難しい。稲や小麦の栽培にも気候的な問題が多い」

「ああ確かに、暑さですぐにおだんごが痛みそうですね」

そう言いながら、小梅は「う〜ん」と考える。

「稲は育てるのに水を沢山使いますから、それが良かったのかもしれませんけど。それとこの泉の水で育てた実から苗を作って受け継いでいることもひょっとしたら一因かもです」

「なるほど、種子ですか」

小梅の意見に、神殿長は「ふむふむ」と納得しながらペンを走らせる。

「まずは我が国で採れる穀物で試すとしますか。少なくともただ聖水を撒くよりは効果があるはず」

神殿長がそう告げた時、ケネスが「コウメ」と呼んだ。

「話しているところ悪いが、姉上をどうにかしてくれ。聖獣でもみくちゃになっている」

「え、ああっ⁉」

見れば、なんとお姉さんが聖獣まみれになっているではないか。

「ちょっとちょっと、息、できてますかっ⁉」

小梅は慌てて駆け寄り、小さな聖獣から引きはがしていく。

「聖獣は、基本的に人懐っこいですからね」

神殿長が「さもあらん」というような顔をしている。

聖獣たちはきっと、知らない人が珍しくて一緒に遊んでほしかったのだろう。寄ってたかってモフモフしに行ったり頭に乗ったりして、結果お姉さんは白い毛に埋もれてしまったのだ。

小梅は白い毛だらけになったお姉さんを、ようやく発掘した。

「大丈夫ですか⁉」

小梅がお姉さんに呼びかけると、お姉さんはなんだかうっとりとしている。

「あぁ、幸せですわぁ～♪　聖獣も、砂漠の国とは毛並みが違っていいですわねぇ……」

お姉さんの口から漏れた言葉に、小梅は脱力した。どうやら平気そうである。

――まあ、砂漠の動物ってモフモフしていなさそうではあるよね。

生憎と小梅は砂漠というと、ラクダくらいしか思いつかない。

「確かに、聖地にいる聖獣はネズミとトカゲが多いですね」

そんな小梅に神殿長が述べた。

「白いトカゲ、ツルツル系かぁ」

日本では、白い蛇というのが幸運をもたらすとされていたので、なんだかありがたみがありそうな感じだ。

「トカゲが苦手でなければ、どうぞコウメ様も訪ねてきてください。あれもなかなか可愛らしいのですよ？」

「へぇ、見てみたいです！」

小梅の興味に、ケネスも加わってきた。

「店を長期休みにして旅行もいいんじゃないか？　コウメはほとんど移動しないから、他の土地に疎いだろう？」

ケネスの提案に、小梅は「あ、じゃあ！」と弾んだ声を上げた。

「それでは『なごみ軒』の慰安旅行をしましょうか？」

「ほう、慰安旅行とは面白い」

小梅のワクワク顔をケネスが微笑ましそうに見ていると、「コホン」と神殿長が咳払いをする。

「先の話も結構ですが、私はダンゴが食べたいです。お妃様がすぐこちらに来てしまったので、まだ味わえてません」

そしてそんなことを言ってきた。確かに、店に入る間もなく丘を上がってきたのだったか。

「では、お店に戻りましょう！」

小梅はそう促し丘を下りたのだが、店で待っていたお付きの人たちが白い毛だらけになったお姉さんを見てギョッとしたのは、言うまでもない。

こんなことがあったものの、本日も「なごみ軒」は通常営業である。

本書は、2018年12月当社より単行本として刊行されたものに書き下ろしを加えて文庫化したものです。


この作品に対する皆様のご意見・ご感想をお待ちしております。

おハガキ・お手紙は以下の宛先にお送りください。

【宛先】

〒150-6008 東京都渋谷区恵比寿4-20-3 恵比寿ガーデンプレイスタワー 8F
（株）アルファポリス　書籍感想係

メールフォームでのご意見・ご感想は右のＱＲコードから、
あるいは以下のワードで検索をかけてください。

ご感想はこちらから

レジーナ文庫

# 甘味女子は異世界でほっこり暮らしたい

黒辺あゆみ

2021年10月20日初版発行

文庫編集－斧木悠子・森順子
編集長－倉持真理
発行者－梶本雄介
発行所－株式会社アルファポリス
〒150-6008 東京都渋谷区恵比寿4-20-3 恵比寿ガーデンプレイスタワー8階
TEL 03-6277-1601（営業）　03-6277-1602（編集）
URL https://www.alphapolis.co.jp/
発売元－株式会社星雲社（共同出版社・流通責任出版社）
〒112-0005 東京都文京区水道1-3-30
TEL 03-3868-3275
装丁・本文イラスト－とあ
装丁デザイン－AFTERGLOW
（レーベルフォーマットデザイン－ansyyqdesign）
印刷－中央精版印刷株式会社

価格はカバーに表示されてあります。

落丁乱丁の場合はアルファポリスまでご連絡ください。

送料は小社負担でお取り替えします。


ISBN978-4-434-29488-4 C0193